SV

In Goethes Hand

Szenen aus dem 19. Jahrhundert

von Martin Walser

Suhrkamp

Erste Auflage 1982
Satz: MZ-Verlagsdruckerei GmbH, Memmingen
Druck: Freiburger Graphische Betriebe, Freiburg i. Br.
Printed in Germany

Personen

JOHANN PETER ECKERMANN
GOETHE
HANNCHEN, Eckermanns Verlobte
AUGUST VON GOETHE
OTTILIE VON GOETHE
GUSTCHEN KLADZIG
IDA
FREILIGRATH
STADELMANN, Goethes Diener
INSPEKTOR
GERTRUD
KARL, Eckermanns Sohn

Zeit
1. Teil 1823
2. Teil 1829
3. Teil 1848

Für Peter und Marianne

Glaube

1

Anfang Juni 1823 kommt Johann Peter Eckermann, 30 Jahre alt, Student der Rechte in Göttingen, nach Hannover. Er hat Semesterferien und will Johanna Bertram besuchen. Er ist seit 1819 mit ihr verlobt.

HANNCHEN Oh Ecker.
ECKERMANN Hannchen. Ach, Hannchen.
HANNCHEN Daß du bloß da bist.
ECKERMANN Ja, Hannchen.
HANNCHEN Das war wieder eine Warterei.
ECKERMANN Manchmal, wenn ich's nicht mehr aushielt, bin ich einfach losmarschiert.
HANNCHEN Aber nicht angekommen.
ECKERMANN Umgekehrt. Nach drei Stunden, vier Stunden. Zurück. Klein beigegeben. Ach Hannchen.
HANNCHEN Nicht so nah, Ecker. Du gehst wieder.
ECKERMANN Nie mehr nach Göttingen.
HANNCHEN Ecker!
ECKERMANN Nie wieder Jura.
HANNCHEN Das Stipendium!?
ECKERMANN Nein danke!

HANNCHEN Einer, der nichts hat, läßt 300 Taler sausen!

ECKERMANN Ich bin dreißig vorbei, Hannchen. Der Hausierersohn war vierundzwanzig, bis er an Latein kam. Und Krieg war auch. Ohne Johann Peter Eckermann war Napoleon nicht zu schlagen. Jetzt ist er zu alt zum Studieren. Ich muß jetzt Lärm machen, Hannchen. Noch dieses Jahr müssen zwei Sachen heraus von mir. Das Trauerspiel. Und das Buch über Poesie hauptsächlich in bezug auf Goethe. Wenn Goethe mich an Cotta empfiehlt, pfeif ich auf jedes Stipendium.

HANNCHEN Und wenn er dich nicht empfiehlt? Er ist siebzig.

ECKERMANN Dreiundsiebzig. Und liest in diesem Augenblick mein Manuskript. Morgen schreibt er an Cotta: Diesen Ekkermann empfehl ich total. Das Buch ist ein Hymnus auf ihn. Er muß es mögen. Das ist kalkuliert. Wenn du halbwild als Hausierersohn aus der Heide kommst, mußt du schmeicheln, Hannchen. Soll ich den Pandektenhengsten in Göttingen schmeicheln oder dem göttlichen Goethe?

Los, sage sofort, wem?! Ich sag's dir: Außer dir und Goethe habe ich in dreißig Lebensjahren nichts gefunden, was ich ganz verehre. Schick mich nach Weimar, Hannchen. Nach Heidelberg. Zu Schlosser und Kiesewetter. Die wollen mich für eine Zeitschrift. In drei Wochen war ich in Weimar und in Heidelberg. Komme zurück, finde hier Cottas Zusage. Im September das Buch. Also das Aufgebot für Oktober. Hannchen! Aber nur, nur! wenn du sagst: reise hin, Ecker, reise ja hin, reise in Gottes Namen hin! Wenn du das sagst, dann reis ich, sonst nicht. Sonst überhaupt nicht. Schick mich, bitte, nach Göttingen zurück, wenn du glaubst, du mußt. Jura ist auszuhalten. Klar. Wer wäre an Schinderei gewöhnt wie ich! Jura, Hannchen, wird, wenn du's für nötig hältst, einfach ritsch, ratsch runterstudiert.

HANNCHEN Redner! Hau ab nach Weimar! Heidelberg!

ECKERMANN Hannchen! In zwanzig Tagen bin ich zurück, schreib meinem *Graf Eduard* den fünften Akt. Bis Cotta das Buch liefert, ist das Trauerspiel parat für

Hamburg, Wien, Berlin, und wenn sie dort dramatisch proben, kommt die Sache selbst, Hannchen, im Frühjahr, wenn alles sowieso schon schmilzt, kommen auch noch Johann Peter Eckermanns Gedichte. Der Ekkermann-Heimat Winsen an der Luhe teile ich aus treuer Anhänglichkeit vorsorglich mit, die Elbdeiche zu verdoppeln, es ist, aus ganz Deutschland, mit einer gewaltigen Rührungs-Flut zu rechnen.

HANNCHEN Immer soll man sich mitreißen lassen. Nachher hockt man wieder da. Es wird zuviel verlangt, Mensch.

ECKERMANN Ja. Manchmal empfindet man nur noch das.

HANNCHEN Es ist wie die Wut über eine Ungerechtigkeit. Mein Vater sagt schon gar nichts mehr.

ECKERMANN Stopp. Uns wird es gutgehen. Also ist alles in Ordnung. Uns wird es gutgehen, Hannchen. Deinetwegen.

HANNCHEN Nach den Hänflingen, die du mir gelassen hast, fragst du nicht. Ecker, Ecker! Du haust ab, läßt zurück, fragst nichts ...

ECKERMANN Als ich hereinkam, sah ich doch, daß du sie herrlich gepäppelt hast.

HANNCHEN Aber nicht mit Rübsamen, mein Herr, sondern mit geriebenen Möhren. Rübsamen verachten sie. Nur daß du's weißt, Spezialist.

ECKERMANN Wenn ich mit meinem Vater über Land zog ...

HANNCHEN ... hat der arme Hausiererbub die rauhen Dörfer nur nach Vogelnestern unterschieden, ja, ja!

ECKERMANN Wir waren unwert, wohin wir kamen ...

HANNCHEN So daß der arme Bub kein größeres Glück kannte, als klitzekleine Vögelchen zu füttern!

ECKERMANN Mußt du dich über mich lustig machen?

HANNCHEN Wir zwei müssen uns nicht lustig machen über einander. Das besorgen andere.

ECKERMANN Aber jetzt kannst du sagen: Oktober.

HANNCHEN Sagen kann ich's. Es glaubt's bloß keiner mehr.

ECKERMANN Weil du's selber nicht glaubst. Das merken die Leute. Gib zu, du glaubst nicht, daß wir im Oktober heiraten!

HANNCHEN Ich werde immer in Hannover sitzen, deine Briefe lesen: jetzt, Hannchen, jetzt gleich, im Oktober, nur noch die paar Wochen bis Dezember, also im

Frühjahr, Hannchen, ist es endlich soweit, aber in diesem Sommer todsicher, todtodtodsicher im Herbst ...

ECKERMANN Wie ich dich widerlegen werde, Hannchen! Wie du wirst zugeben müssen, im Oktober, daß du mir Unrecht getan hast. Wie du dich wirst entschuldigen müssen! Täglich wirst du einmal hinknien und sagen: Eckermann, Eckermann, alles ist so gekommen, wie du es gesagt hast, ich Zweifelsüchtige habe enorm an dir gesündigt.

HANNCHEN Es wird mir ein Vergnügen sein, Herr Eckermann.

ECKERMANN Oh Hannchen.

HANNCHEN Nicht so nah, Ecker. Du gehst wieder.

ECKERMANN Aber wozu ras ich nach Weimar, Heidelberg und zurück nach Hannover, wenn mich hier immer eine empfängt, die nicht einmal weiß, was ich will! Weil sie's nie spürt, wird's ihr geschrieben. Dann liest sie's und vergißt's, amen!!

HANNCHEN Sei froh. Weil's nicht geht.

ECKERMANN Du hast's vergessen.

HANNCHEN So was vergißt man nicht.

ECKERMANN Sag den Satz. Wie er im Brief steht.

HANNCHEN Warum denn!

ECKERMANN Sag ihn.

HANNCHEN Ich mag nicht.

ECKERMANN Dann sag ich ihn.

HANNCHEN Bitte. Sag ihn doch, Mensch.

ECKERMANN »Wenn ich erst dort bin, sollst du mich auch einmal in der Stube herumtragen.« Was ist denn Schlimmes dabei, wenn du mich herumtragen würdest? Einmal!

HANNCHEN Ich bin erschrocken, als ich den Satz las. Wenn ich den Brief wieder las, hab ich den Satz jedesmal übersprungen.

ECKERMANN So! Und wenn mich diesen Herbst Deutschland auf Händen trägt, was sagst du dann?

HANNCHEN Dann sag ich: Gott sei Dank, Ecker, daß Deutschland dich trägt.

ECKERMANN Jedesmal bist du noch schöner, als man gedacht hat.

HANNCHEN Älter.

ECKERMANN Du und älter.

HANNCHEN Nicht so nah! Du gehst wieder!!

ECKERMANN Komm, schneid mir die Haare.

HANNCHEN Die Haare?

ECKERMANN An Weihnachten, du erschreckst mir den Vater und die Mutter mit solchen Haaren, hast du gesagt und hast sie mir geschnitten. Komm, Hannchen.

HANNCHEN Du gehst wieder, Ecker. Sobald ich daran denk, kann ich mich nicht mehr rühren.

ECKERMANN Weimar, Goethe, Heidelberg, Schluß. Drei Wochen, Hannchen. Wir haben vier Jahre hinter uns. Ich. Du? Wärst du doch auch einfach losgerannt, dann hätten wir uns hinter Hildesheim getroffen. Warum haben wir uns nicht getroffen? Du bist nicht losgerannt. Dir macht Warten offenbar überhaupt nichts aus.

HANNCHEN Wann gehst du?

ECKERMANN Und daß ich da bin, ist dir auch egal. Hannchen, komm, die Haare, bitte.

HANNCHEN Ja, Ecker. Ich schneid sie dir. Komm, setz dich. Rühr dich nicht. Lieber Ecker, du.

Sie schneidet.

ECKERMANN Ach Hannchen.

HANNCHEN Wann gehst du?

ECKERMANN Ich muß doch!

HANNCHEN Wann?

ECKERMANN Morgen.

Sie hört auf.

ECKERMANN Muß ich nicht!?

HANNCHEN Doch.

ECKERMANN Drei Wochen!!

Sie schneidet wieder.

HANNCHEN Das ist nicht lang. Drei Wochen!
ECKERMANN Drei Wochen, das ist nichts.
HANNCHEN Aber morgen ist bald.
Sie hört auf.

2

Am Samstag, dem 13. September 1823, wartet man im Inspektorhaus am Botanischen Garten in Jena auf Goethe. Goethe hat den Sommer in Marienbad verbracht. Er will auf dem Rückweg nach Weimar ein paar Tage in Jena bleiben, will verschiedene Universitäts-Institute, die sich seiner Förderung erfreuen, besuchen und alte Freunde treffen. Es warten der Inspektor des Botanischen Gartens, dessen Nichte Gertrud, eine Hausangestellte namens Auguste Kladzig und Johann Peter Eckermann. Eckermann wurde, als er im Juni zwei Tage in Weimar war, von seinen Plänen abgebracht. Goethe schickte ihn für den ganzen Sommer nach Jena, dort sollte Eckermann für Goethe arbeiten. Er sollte, erstens, herausfinden, welche von den anonymen Beiträgen in den FRANKFURTER GELEHRTEN ANZEIGEN *der Jahre 1772 und 73 von Goethe seien. Zweitens sollte er ein genaues Inhaltsverzeichnis machen für die bis dahin erschienenen Hefte von Goethes Hauszeitschrift* KUNST UND ALTERTUM. *Drittens sollte er Goethes Beiträge für die Jenaische* ALLGEMEINE LITERATURZEITUNG *durchsehen, ob darunter etwas sei, was man in eine Gesamtausgabe aufnehmen könne. Eckermann hat den Sommer über fleißig gearbeitet und freut sich jetzt darauf, Goethe die Ergebnisse zu präsentieren. Ebenso der Inspektor, der mit Arbeiten im meteorologischen Bereich beauftragt war.*

INSPEKTOR Da er über die Saale muß, muß er durch Jena. Und die neue Straße nach Weimar führt am Haus vorbei. Die nimmt er. Er hat sie bauen lassen.

ECKERMANN Um vier geht der Wagen nach Erfurt.

INSPEKTOR Wenn ich meine Listen nicht fertig hätt, wär er schon da. Ich saß heut nacht bis drei. Gertrud?

GERTRUD Nichts!

ECKERMANN Notfalls könnten Sie meine Verzeichnisse mit Ihren Listen übergeben.

INSPEKTOR Gern. Aber er kommt. Gustchen, die Betten?

GUSTCHEN In Weiß.

INSPEKTOR Und musterlos.

GUSTCHEN Musterlos.

INSPEKTOR In ALLEN Zimmern?!

GUSTCHEN Er kann hineinschauen, wo er will, überall WEISS und KEIN Muster.

INSPEKTOR Die Türen!

GUSTCHEN Geölt. Ich bin aufgewachsen in Dornburg, Herr Inspektor. Mein Vater ließ, wenn Goethe kam, alle Treppen einweichen, bis man keine Stufe mehr hörte.

ECKERMANN So eine Empfindlichkeit, phantastisch!

INSPEKTOR Gertrud, laß mich mal schauen.

GUSTCHEN Er hat immer Öl dabei für die Türangeln. Eine ächzende Tür brächte ihn um.

ECKERMANN Phantastisch! Und wie gut Sie ihn kennen!

GUSTCHEN Oh ja.

ECKERMANN Das erfahr ich jetzt. Zehn Wochen sagen Sie nichts, Gustchen.

GUSTCHEN Sie interessieren sich für Goethe, nicht wahr.

ECKERMANN Er hat mich doch hergeschickt. Im Juni komm ich nach Weimar für zwei Tage, und er schickt mich nach Jena, daß ich ein Verzeichnis mach für ihn.

GUSTCHEN Das sieht ihm gleich.

ECKERMANN Ja? Erzählen Sie.

GUSTCHEN Nein. Sie sind ein netter Mensch, Herr Eckermann, aber Sie fahren ab nach Heidelberg. Ich muß hier leben.

ECKERMANN Ich find Jena schön.

GUSTCHEN Sobald ich wegkann, lob ich's auch.

ECKERMANN Wohin wollen Sie denn noch?

GUSTCHEN Nach Weimar.

ECKERMANN Nach Weimar!

GUSTCHEN Zum Theater. Dann habe ich auch noch eine Art Auftrag ... von meinem Vater ... an Seine Exzellenz, den Herrn Staatsminister Geheimrat von Goethe.

ECKERMANN Ach Gustchen. Zehn Wochen hab ich Sie angestarrt. Sie werden sich gewundert haben.

GUSTCHEN Auf den Boden geschaut haben Sie, sobald ich auftauchte.

ECKERMANN Angestarrt hab ich Sie.

GUSTCHEN Weggeschaut haben Sie.

ECKERMANN Sie sehen nämlich Hannchen gleich. Meiner Verlobten. Aber wie! Gustchen, wie! Das glaubt mir keiner.

GUSTCHEN Mit einem Allerweltsgesicht sieht man schnell jemandem gleich.

ECKERMANN Und jetzt interessieren Sie sich auch noch für Goethe! Deshalb arbeiten Sie hier!

GUSTCHEN Erraten.

ECKERMANN Das erfährt man am letzten Tag.

GUSTCHEN Wenn man immer wegschaut.

INSPEKTOR Ein Wagen auf der Brücke! Das ist er. Herr Eckermann, Goethe ist pünktlich. Wo sind meine Listen? Um Gottes willen, die Listen?! Gertrud! Gustchen!

GUSTCHEN Da, Herr Inspektor.

INSPEKTOR Danke. Gustchen. Gertrud sieht rein nichts.

GERTRUD Ich ... ihr werdet sehen, ich fall in Ohnmacht, wenn er eintritt.

GUSTCHEN Das Beste, was du tun kannst. Das mag er.

INSPEKTOR Er hat bestimmt den Juli und August in Böhmen nichts als Wolken und Wetter studiert. Aber diesmal ist mein Material unschlagbar. Ich habe schon Juli-Daten aus London, Karlsruhe, Halle und Wien. Goethe wird Augen machen, Herr Eckermann.

GERTRUD Onkel, es ist Stadelmann.

ONKEL Dann ist es Goethe.

GERTRUD Nein, nur Stadelmann.

ONKEL Kind ... Stadelmann! Endlich. Wie geht es Seiner Exzellenz?

STADELMANN Das frag ich Sie! Ja! Stadelmann ist degradiert. Andererseits befördert. Gertrud, was tun die Meilen dem Menschen?

GERTRUD Sie laugen ihn aus, Herr Stadelmann. Das Bier wartet auf Sie.

STADELMANN Ihre Nichte hat Bildung, Herr Inspektor. Also degradiert bin ich und befördert. Der Schreiber John hat ins exzellenzische Tagebuch schreiben müssen: *Stadelmann pocht die Felsen zusammen.* In Marienbad hieß es, damit sei ich unsterblich. Leicht war das nicht. Die ganze Gegend abklopfen nach Augiten, Basalten, Quarzen, Bergkristall. Über Abgründen haben wir geklopft. Eine Handbreit vom Sturz. Aber eine Unsterblichkeit wär ja auch mit dem Leben nicht zu teuer bezahlt, stimmt's? Ich hab zwar die Unsterblichkeitserwerbung überlebt. Aber degradiert. Wie ihr wohl wißt. Ihr tut nur so, um mich zu schonen.

INSPEKTOR Nein wirklich, Stadelmann, wir wissen nichts.

STADELMANN Das ist Jena! Also am Anfang war das Bier. Das heißt, ganz am Anfang war der Abgrund, über dem ich tagsüber Felsen klopf, also abends Bier brauch, um den Abgrund zuzuschütten. Aber weil das Bier dort in der Saison dreimal so teuer ist wie bei uns und viermal so nötig, und weil der Geheimrat gebannt ist von einem roten und seidenen Schirm zwischen Kreuzbrunnen und Promenade, also überhaupt nicht daran denkt, wie man das entscheidende Bier finanzieren soll, deshalb ergreift man die Gelegenheit bei den Locken, die man ihm jeden zweiten Tag brennen muß, weil einen der Geheimrat hat beim Hofbarbier ausbilden lassen, Diener plus Kutscher plus Barbier, ja was denn noch? Aber man tut's, brennt Locken, schneidet sie, stellt brav Haar für Haar der Nachfrag zur Verfügung, aber wenn so viel weniger wächst als verlangt wird in der Badesaison, wo er wegen des roten und seidenen Schirms sowieso der Erreger ist, was bleibt da übrig als strecken! Mit ehrbarem Haar natürlich. Aber der Mensch in Ferien ist ein Kritiker. Die von Schiller seien billiger gewesen, kriegt man zu hören. Und hätten kein Brennen gebraucht. Ja, ist da überhaupt jedes Haar egal original von unserem allergrößten Kopf? Was sag ich euch! Auf Haarspalterei folgt Stunk. Stadelmann wird degradiert. Haarfälschung. Als Lastkutscher kriech ich aus Böhmen hinaus. Dafür hab ich aber beim Sonnenwirt in Eger noch drei Faß Lager zugeladen. An edle Fracht gewöhnt, hätt mich die Vorstellung gekränkt, daß ich nichts als Steine und Bücher von Böhmen nach Weimar kutschier. Noch vor Hof überholt mich dann die feine Pritsche. Und soll noch nicht hier sein!? Moment, Moment. Ich seh schon alles klar. Hof brennt. Und der Geheimrat, schneller scheu als jedes Roß, sieht am Horizont aus Rauch das Feuer schlagen, Katastrophe, denkt er, und hat zum Umkehren endlich den Vorwand, den er seit Marienbad sucht. Sonnenklar. Goethe bleibt in Böhmen. Und jeder weiß, warum.

GUSTCHEN Nur wir nicht.

STADELMANN Also in Weimar weiß das jeder Pflasterstein, da wett ich vier Liter Kösteritzer. In Jena studiert man, aber in Weimar weiß man Bescheid. Halt. Den Satz meld ich dem Schreiber John als Goethesatz. Wetten, der nimmt ihn auf. 's wär nicht das erste Mal. Aber bei Locken wird man degradiert. Wenigstens ist man unsterblich. Das konnte nicht einmal der Schreiber John verhindern. Zähneknirschend mußte er hinschreiben: *Stadelmann pocht die Felsen zusammen*. Und was tut er, er notiert dazu: *John schreibt Wind, Wolken und Wetter sorgfältig auf: das Luftgetümmelwesen hat ihn gewaltig ergriffen.* Ist doch klar, er muß mich überbieten, also schreibt er über sich viermal soviel hinein, wie der Geheimrat über Stadelmann diktiert. Und liest mir's auch noch vor. Aber jeder, außer Goethe selbst, spürt sofort das Nachgemachte an dem Luftgetümmelwesen-Wort. Goethe sagt nichts. Er ist weise. Ihm ist jedes Echo gleich, wenn's nur eins ist.

INSPEKTOR Sofort geb ich die Wetterblätter auf die Post. Wo wohnt er in Marienbad?

STADELMANN »Bei Ulrike« genügt. Jeder kennt das Paar. Sie neunzehn, er vierundsiebzig, ist das ein Experiment oder nicht? Daß er umkehrt nach Böhmen, heißt, er will es wissen. Er hätt ja auch sagen können: nein, danke, ich bin nicht das Versuchskaninchen des 19. Jahrhunderts. Aber nein. Er packt's. Er will's wissen. Auf das Experiment! Das ist Lichtenhainer, stimmt's.

INSPEKTOR Ihrer Bierkenntnis nach müßten Sie Jenenser Studiosus sein.

ECKERMANN Vielleicht dreht er noch mal um. Und kommt doch noch.

STADELMANN Unsereins wär so dumm. Er nicht. Sehen Sie, sein Leibarzt, der Dr. Rehbein, nicht gerade jünger als der Geheimrat, lernt im Juli dort in Marienbad eine Catty kennen, und, Witwer wie unser Goethe, ist er vier Wochen später ihr Mann. Und bringt sie zweimal ins Haus. Der Unsere hat geschnuppert. Nach dem ersten Rehbeinbesuch kauft er den roten, seidenen Regenschirm, unter dem er dann Rikchen ausführt. Ich sage euch, er ist umgekehrt und bleibt in Böhmen bis zur Hochzeit.

GUSTCHEN Der Herr Kammerjunker!

INSPEKTOR Herr Kammerjunker! Bis grade warteten wir auf Ihren Herrn Vater und erfahren vom Bedienten Stadelmann, daß Seine Exzellenz vielleicht vorerst ... vorerst ... gar nicht ... zu erwarten ist.

AUGUST Stadelmann! Wenn wir 34 Jahre vor der Revolution stünden statt 34 Jahre danach, würd ich dich jetzt windelweich prügeln.

STADELMANN Herr Kammerjunker, ich weiß Eure Hand zu schätzen. Um so mehr als ich Gelegenheit hatte, sie kennenzulernen.

AUGUST Du quatschst Gerüchte!?

STADELMANN Eben! Doch nur Gerüchte! Mehr nicht! Marienbader Klatsch!

AUGUST Hast du auch dazugesagt, daß du zum Fuhrmann degradiert bist wegen Haarfälschung?

STADELMANN Was hab ich gesagt? In Weimar weiß man Bescheid.

AUGUST Würdest du dir zutrauen, Seine Exzellenz mitten in der Nacht von Jena nach Weimar zu kutschieren?

STADELMANN Im Mühlbachtal kenn ich Stock und Stein.

AUGUST Gut. Der Levetzower wird zurückgeschickt. Du stehst parat, kriegst die Kutsche und findest einen fürs Fuhrwerk. Ab Stadelmann!

STADELMANN Quilibet suos manes.

AUGUST Was mault er da?

ECKERMANN Daß jeden sein Dämon plagt.

INSPEKTOR Aber Exzellenz bleibt doch bis Mittwoch hier. Knebel, Frommann, alle warten.

AUGUST Es geht ihm nicht so gut. Er muß nach Weimar. Er braucht Aufmunterung. Immer wenn er Böhmen verläßt, muß man ihn trösten. In diesem Jahr besonders. Ihr begreift, er muß spüren, daß wir glücklich sind, ihn wieder bei uns zu haben.

GUSTCHEN Ich sehe da kein Problem, Herr Kammerjunker.

AUGUST Wem gehört die rote Bluse, die an der Leine hängt?

GUSTCHEN Mir.

AUGUST Zieh sie sofort an. Seine Farbe. Aber schnell, schnell. Goethe ist pünktlich. Um sechs heut früh verließ er Pösneck. War um neun in Naschhausen. In Kahla um zehn. Um zwölf in Winzerle. Keine zehn Minuten, und er ist da. Das Mittagessen bei Knebel. Dann die Inspektionen: osteologisches Museum, Veterinäranstalt, der renovierte runde Turm. Dann zu Frommanns mit Lynker und Schweizer. Aßmannshäuser und Würzburger sind ...?

INSPEKTOR Eingetroffen.

AUGUST Die Bluse ist gut. Ihr setzt euch auf dieses Sofa. Wenn er eintritt, steht ihr auf, daß man euch sieht. Die schönen Tage von Aranjuez sind nun vorbei. Nach dem Urlaub haßt jeder seinen Arbeitsplatz. In Jena entscheidet sich's, ob er nach Weimar will oder zurückfällt in den Zauberkreis von Böhmen. Es liegt an uns.

GUSTCHEN Kein Problem. Ich will sowieso nach Weimar. Zum Theater.

AUGUST Der Name?

GUSTCHEN Gustchen Kladzig.

AUGUST Wenn du Goethe mitbringst, bist du engagiert.

GUSTCHEN Abgemacht.

Goethe tritt ein.

INSPEKTOR Exzellenz! Willkommen in Jena! Unter diesem Dach, das vielmehr das Eure als das unsere ist.

GOETHE Inspektor. Gute Seele. Ja, sieht aus, als ob ich wieder da sei. August, Söhnche, du hier?! Wie geht es, Bübche. Na ja, mal sehen, nicht wahr. Jetzt guck einer mal die Bluse! August, du merkst nicht, daß du neben einer ganz enorm roten Bluse stehst!

Der Kittel heißt, im Wörterbuch,
Französisch eine Blouse:
Ich hab' ihn gern von grobem Tuch,
Doch anders meine Suse,
Die trägt (sie steht ihr toll genug)
Von Drillich ihre Bluse.

Von unserm guten Peucer. Oberkonsistorialrat. Wer dichtet in Weimar nicht! Und gut! Das ist doch geschafft.

AUGUST Tatsächlich. Eine wunderbare Bluse! Also wirklich!

GOETHE Ja, ja, jetzt gehen dir die Augen auf, nicht wahr. Und wer da drin steckt! Bravo, Inspektor! Ein gelungener Empfang. Du bist ...

INSPEKTOR Gustchen.

GOETHE Und du?

INSPEKTOR Gertrud.

GOETHE Gertrud und Gustchen. Bedaure, gesagt zu haben, Name sei Schall und Rauch. Wieder ein Experiment versäumt. Hättet ihr mir doch die Aufgabe gestellt: Welche ist Gertrud, welche Gustchen? So leicht wär noch keine Aufgabe gewesen. Du mußt Gertrud heißen. Und du heißt nicht Gustchen, du bist es. Ich esse mit euch zwei.

AUGUST Vater. Knebel wartet.

GOETHE Sag ihm, sein Goethe ißt mit Gertrud und Gustchen. Knebel versteht's. Wenn die Küche nichts mehr hat, Inspektor, laßt im *Bären* fragen und in der *Sonne*. Gertrud, Gustchen und ich wollen wählerisch sein. Auch im *Hirschen* laßt fragen. Kann sein, die haben Krebse, Artischocken. Du, August, ißt bei Knebel.

GUSTCHEN Und wo bleibt Herr Eckermann!

GOETHE Eckermann?

ECKERMANN Eure Exzellenz hatten die Güte, mich zu beauftragen die von Euer Exzellenz anonym publizierten Beiträge in den Frankfurter Gelehrten Anzeigen der Jahre 1772 und 73 zu identifizieren.

GOETHE So, so, hatte ich. 1772 und 73, pfui Teufel. Wo hab ich Sie beauftragt, wie? Schriftlich?

ECKERMANN Ich hatte die Ehre, von Euer Exzellenz empfangen zu werden, nachdem ich mein Manuskript »Beiträge zur Poesie mit besonderer Hinweisung auf Goethe« eingereicht hatte.

GOETHE Ach so! Der sind Sie! Und Cotta bringt's! Jawohl. Schönes Buch. Viel verstanden. Der Name?

ECKERMANN Eckermann.

GOETHE E-cker-mann. Dein Napoleon hatte einen Souffleur für Namen, August! Sie waren bei mir in Weimar.

ECKERMANN Im Juni.

GOETHE Trugen Sie eine Brille?

ECKERMANN Nein. Die ließ ich mir erst hier in Jena machen.

GOETHE August! Warum sagst du es ihm nicht? Brillen stechen mich. Schnell weg damit, Eckermann. Danke, lieber Ekkermann. Hätten Sie die Brille in Weimar getragen, hätt ich Sie um nichts gebeten. Es gibt nur eins, was noch schlimmer ist als eine Brille: ein Bart. Eckermann, Sie essen mit August bei

Knebel. Wir sehen uns noch. Es ist von Bedeutung. Mehr sage ich nicht. August! Moment! Ich komm und komm nicht drauf, wo steht das mit Name, Schall und Rauch?!

AUGUST Wie soll ich das wissen, Vater, wenn Ihr's nicht wißt. Klingt nach Wilhelm Meister.

ECKERMANN Faust, Marthens Garten:
Gefühl ist alles;
Name ist Schall und Rauch …

GOETHE Gut Eckermann, gut. Danke. Bis später, lieber Eckermann, bis später.
Die Männer gehen.
Gertrud, Gustchen, auf das Sofa. Gustchen zu meiner Linken, Gertrud rechts. Frauennamen kann man sich merken. Bei Männern stimmt der Name nie. Bin ich Goethe oder heiß ich nur so? Ich sollte es wissen, und ich weiß es nicht. Näher, ihr lieben Kinder. Näher. Ich habe Angst.

GERTRUD Sie und Angst!

GOETHE Ich habe Angst.

GUSTCHEN Wovor Angst?

GOETHE Daß ich tu, was sie von mir erwarten. Na ja, mal sehen, nicht wahr. Wenigstens hab ich noch gedichtet, heute. In der Kutsche. Jeden Tag gedichtet, von

Marienbad bis hierher. Sind schon eins, zwei, drei, vier Strophen. Heut die vierte. Nun hört mal schön zu:

Der Kuß, der letzte, grausam süß, zerschneidend
Ein herrliches Geflecht verschlungner Minnen.
Nun eilt, nun stockt der Fuß, die Schwelle meidend,
Als trieb' ein Cherub flammend ihn von hinnen;
Das Auge starrt auf düstrem Pfad verdrossen,
Es blickt zurück, die Pforte steht verschlossen.

Ganz hübsch, nicht wahr?

GUSTCHEN Sehr.

GOETHE Gustchen, schlägt es noch, dies Herz?

GUSTCHEN Und wie, Exzellenz.

GOETHE Es ist die Angst. August will mich verhaften. Darum ist er mir entgegengefahren. Schützt ihr mich? Heut abend greift er an. Hast du ein weißes Kleid?

GUSTCHEN Ja.

GOETHE Blumenbestickt?

GUSTCHEN Ja.

GOETHE Vergißmeinnicht?

GUSTCHEN Woher wissen Sie das?

GOETHE Aus deinen Augen. Heute abend trägst du das Kleid. Und auf dem Haar das Vergißmeinnicht-Kränzchen. Du, Gertrud, du trägst ... Jetzt guck mal, Gustchen, eingeschlafen. Oh Gott, oh Gott, eingeschlafen, Gustchen, an mir, ein Mädchen! Oh Gott, oh Gott.

GUSTCHEN Es kann auch was anderes sein ...

GOETHE Schweig! Deine Hände, Gustchen. Meine Hand ist kalt, nicht wahr. Ich habe immer kalte Hände gehabt, glaub mir, immer.

GUSTCHEN Ihre Hände sind gar nicht kalt.

GOETHE Du verteidigst mich, Gustchen, das spür ich. Nur nicht nach Weimar. Überallhin, Gustchen, nur nicht nach Weimar. Einverstanden?

GUSTCHEN Ich ging ganz gern nach Weimar.

GOETHE In Böhmen, Gustchen, ist der Mensch noch frei. Böhmen rauscht. In jedem Haus in Weimar wohnt ein Sterbender. Die Häuser in Weimar sind Särge. Böhmen, ja. Weimar, nein. Sollen wir sie wecken?

GUSTCHEN Kinder brauchen Schlaf, Exzellenz.

GOETHE Wenigstens habe ich noch gedichtet heute. In der Kutsche. Jeden Tag gedichtet, von Marienbad hierher.

Schon eins, zwei, drei, vier Strophen. Willst du hören, Gustchen?

GUSTCHEN Ja, natürlich, bitte. Gedichte mag ich noch lieber als Torten.

GOETHE *Der Kuß, der letzte, grausam süß, zerschneidend*
Ein herrliches Geflecht verschlungner Minnen.
Nun eilt, nun stockt der Fuß, die Schwelle meidend,
Als trieb' ein Cherub flammend ihn von hinnen;
Das Auge starrt auf düstrem Pfad verdrossen,
Es blickt zurück, die Pforte steht verschlossen.
Und, Gustchen, wie findet man's?

GUSTCHEN Ganz, ganz wunderbar, Exzellenz.

GOETHE Na ja, mal sehen, nicht wahr.

3

Am Abend des 13. September 1823 in Jena, im Inspektorhaus am Botanischen Garten. Goethe ist mit August allein. Es herrscht eine schwierige Stimmung. August hat einen Plan, der, nach seiner Ansicht, dringend nötig geworden ist, um den Vater, die Familie vor Peinlichkeit und Schlimmerem zu bewahren. Aber er traut sich nicht, vom Notwendigen anzufangen.

AUGUST Zum Wohl.

GOETHE Zum Wohl. Jetzt, August, komm. Fang an!

AUGUST Grüße! Von Ottilie. Den Kindern. Sehr herzlich.

GOETHE Geht's gut?

AUGUST Nein.

GOETHE Na ja. Mal sehen, nicht wahr.

AUGUST Ottilie ist gestürzt.

GOETHE Na ja. Komm. Ich bitte dich.

AUGUST Vom Pferd. Einen Fuß im Bügel. Geschleift.

GOETHE August, bitte, bitte.

AUGUST Mit dem Gesicht auf dem Boden.

GOETHE Ich komm sowieso nicht zurück.

AUGUST Die Mundwinkel zerrissen. Die Nase gebrochen.

GOETHE Du hast gehört, ich heirate.

AUGUST Entstellt für immer.

GOETHE August! Ja!

AUGUST Das ist die Strafe für ihre Affäre mit Batist, diesem Kunstreiter.

GOETHE Die Pfäffin Egloffstein beherrscht dich immer noch.

AUGUST Genialer Heide bin ich nicht.

GOETHE Ich kehr um nach Böhmen.

AUGUST Dann geh ich ... nach Paris. Äh ... Napoleonstudien.

GOETHE Der Großherzog ist auch dafür, daß ich Ulrike von Levetzow heirate.

AUGUST Man sagt, die Witwenpension, die er bot, sei fürstlich.

GOETHE Ja.

AUGUST Und die Gesamtausgabe? Schubarth, Berlin, ist unbezahlbar. Zauper, Pilsen, will nicht nach Weimar. Cotta drängt. Der Bundestag in Frankfurt hat das Privileg bewilligt. 36 Bundesstaaten haben zugestimmt. Zum ersten Mal gehört einem Verleger das Recht allein. Keiner darf nachdrucken.

GOETHE Gut! Jetzt muß Cotta ran. Fünfzigtausend mindestens.

AUGUST Brockhaus bietet schon achtzig. Cotta muß mit hunderttausend ran.

GOETHE Oh Gott, oh Gott. Hunderttausend?! Na ja, mal sehen, nicht wahr. Jetzt sind wir in Jena. Paar Tage. Nicht so wild, August. Ist doch schön in Jena. Weimar macht Probleme, Jena löst sie. August, Bübche, wenn du mir hilfst, geht alles.

AUGUST Ihr müßt sofort weiter nach Weimar. Jena ist momentan ... habt Ihr nichts gemerkt, heute?

GOETHE Was gemerkt?

AUGUST Die Studenten demonstrieren seit Tagen. Gegen Euch. Weil Ihr das Liedersingen verboten habt. Habt Ihr die Pereat-Goethe-Chöre nicht gehört?

GOETHE Ich hör nicht mehr so gut, nicht wahr.

AUGUST Wenn es sich rumspricht, daß Ihr hier seid ... Die Demokraten hassen Euch. Die Nationalen verachten Euch. Die Klerikalen verfluchen Euch. Ihr müßt so rasch als möglich nach Weimar.

GOETHE Nicht nach Weimar, bitte.

AUGUST Und Ottilie?

GOETHE Sie ist deine Frau, August.

AUGUST Jetzt auf einmal. Ich war der Vorwand. Kein Vorwurf meinerseits. Ich habe sie Euch zuliebe geheiratet. Sie hat mich Euch zuliebe geheiratet. Sie hat ihre Engländer, ich darbe auch nicht. Aber als sie hörte, Ihr heiratet die Levetzow, fiel sie in Krämpfe. Dann ritt sie los. Stürzte …

GOETHE August! Schluß!

AUGUST Jetzt schreibt ihr: ich geh nach Böhmen, ein entstelltes Gesicht ist eine Katastrophe, jeder weiß, Katastrophen muß ich ausweichen, ich muß nach Böhmen.

GOETHE Ich schreibe ihr.

AUGUST Zum Wohl! Den Aßmannshäuser gibt's in Böhmen nicht.

GOETHE In Böhmen gibt's Burgunder.

AUGUST Papa!

GOETHE Lieber August.

AUGUST Es geht doch nicht, Papa.

GOETHE Also … der Tod … du verstehst, geht der?

AUGUST Ihr wißt, es geht nicht.

GOETHE Ich weiß nichts. Du kannst melden, der Alte spinnt. Rennt rum wie in einem Iffland-Schwank. Seid froh, daß er in Böhmen bleibt. Kannst du sagen. Der ist bloß noch blamabel. Eine Zwanzigjährige!

AUGUST Neunzehn!

GOETHE Zwanzig! Wer sagt das, neunzehn?! Da siehst du's! Da hast du's! Verleumdung! Niedertracht! Das ist Weimar! Kleinlich, mies, gemein. Glaub mir, August, sie ist zwanzig! Wer sagt das: neunzehn? Los, August! Schon niemanden, ich muß mich wehren. Endlich. Ich spür's. Ich lächle bloß, spiel den Mummelgreis, dem an nichts mehr liegt als am Weise-Sprüche-Klopfen. Tag und Nacht Verzicht, Verzicht, Verzicht. Edel, edler, am ödesten! Daß ich mich klein mach, macht sie mutig! So frech waren sie sonst nicht, August. Neunzehn, wer sagt das?!

AUGUST Vater, bitte, entschuldigt ...

GOETHE Ich entschuldige nichts mehr. Nie mehr! Gustchen! Gertrud! Inspektor! Was ist denn?! Mein Sohn und ich fühlen uns verlassen! Wo bleibt Herr ... August, wie heißt er?

AUGUST Eckermann.

GOETHE Herr E-cker-mann! Wo bleiben Sie? Inspektor, zuerst berichten Sie. Das Wettergeschehen des Sommers. Wir sind gespannt. Ich liefere Vergleiche aus Böhmen. Sekretär John war fleißig. Platz genommen, Kinder. Gertrud rechts, Gustchen links. Und ... na ja ... hier ... in Jena, wissenschaftliches Klima, das ich mag, hier sag ich, was Weimar nicht versteht. Macht euch das klar: Alte! das ist keine andere Sorte Mensch. Alte wollen, was Jüngere wollen. Kriegen's nur nicht. Ist das ein Problem?! Na ja, mal sehen, nicht wahr. Inspektor, anfangen.

INSPEKTOR Ich beginne mit dem 28. Juni, dem Tag nach Euer Exzellenz Abreise aus Jena: *Am ganz reinen Himmel, vor Sonnenaufgang, einige Streifen im Osten, die sich in Zirrus auflösten, ebenso die übrigen im Norden schwebenden Streifen. Die Nebel aus der Saale verflossen sogleich in die Luft, legten sich an die Berge, schlugen als Tau nieder. Gegen Süden zu sah man am Horizont, in der Gegend der Böhmischen- und Fichtelgebirge, gleiche Streifen, aber gedrängter übereinander.*

Der Wind war Nordost-Ost. Aufmerksamkeit verdiente nunmehr, daß alle diese Streifen die Neigung zeigten, in Zirrus überzugehen: denn sie lockten und teilten sich in sich selbst, indem sie doch ...

GOETHE Inspektor, Moment. Das Kind ist schon wieder eingeschlafen.

INSPEKTOR Gertrud! Ich bitte Euer Exzellenz sehr um Entschuldigung …

GOETHE Nur weg, weg, daß sie mir Gustchen nicht auch noch ansteckt. Über das Wetter morgen mehr.

INSPEKTOR Sehr wohl, Exzellenz.

Ab mit Gertrud.

AUGUST Ich darf auch gehen, Papa. Hier wird mir zu langsam getrunken.

GOETHE Ach August, wenn ich bloß für dich trinken könnte.

AUGUST Du mußt reden, ich trinken. D'accord! Vielleicht sehen wir uns noch. Hier. Oder überm Sternenzelt. Muß ein Vater wohnen, der uns all umschlungen hält.

August geht.

GOETHE Daß er so wenig verträgt. Sobald er Schiller zitiert, weiß man, er ist voll. Gustchen, deine Hand.

GUSTCHEN Gertrud ist nicht eingeschlafen, Exzellenz. Es war Ohnmacht. Vor Aufregung. Je näher Sie Jena kamen, desto schwindliger wurde ihr.

GOETHE Gustchen! Du hast ein Herz. Das sind die Frauen des Volkes, Eckermann. Sie müssen immer etwas Gutes sagen.

Schon Bildung tilgt diese Fähigkeit. Wer weiß, was Humanismus ist, hat keinen.

GUSTCHEN Es war Aufregung! Herr Eckermann!

ECKERMANN Höhere Atemnot, Exzellenz. Psychisch!

GOETHE Ihr Lieben! Zum Wohl!

ECKERMANN Sehr zum Wohl!

GUSTCHEN Gestatten, daß ich Exzellenz etwas übergebe! Dieser ... wo ist er jetzt bloß, dieser Dukaten, mein Vater hat, bevor er starb, gesagt: solltest du Goethe sehen, gib ihn ihm! Gib ihn ihm, ja, sagte er und starb.

GOETHE Danke. Danke. Kommt in die Sammlung. Liefere, bitte, auf einem Blatt, Daten deines Vaters dazu. Sein Name wird bewahrt.

GUSTCHEN Der Dukaten stammt von Euch, Exzellenz.

GOETHE Wie das?

GUSTCHEN Mein Vater war Verwalter auf Schloß Dornburg! Vor Sckell. Kladzig.

GOETHE Kladzig! Der Gute. Schickt mir einen Dukaten. Gustchen, wir sind alte Bekannte!

GUSTCHEN Mein Vater kam hin, sind schon bald fünfzig Jahre.

GOETHE Pscht. Nicht solche Zahlen.

GUSTCHEN Wie er Goethe kennenlernte, hat er oft erzählt.

GOETHE Erzähl's Gustchen. Eckermann und ich wollen's uns merken. Erzähl's. Wie lernte man Goethe kennen auf Schloß Dornburg?

GUSTCHEN Mein Vater war noch nicht vier Wochen dort, da reitet ein vornehmer Trupp herauf in den Schloßhof. Der junge Großherzog mit Freunden. Die Hoheit, zum ersten Mal hier, läßt sich vom Vater huldigen, im Thronsaal, die Hand sich küssen von ihm, dann wird getrunken, dann befiehlt der Großherzog meinem Vater zu singen.

GOETHE Zu singen?!

GUSTCHEN Er sei wissenschaftlicher gesonnen als sein Vater, sagt der Großherzog, mit Handküssen hab es bei ihm nicht sein Bewenden. Da gerade Vollmond sei, der Barometerstand sensationell hoch, und er seit längerem den physikalischen Verdacht habe, daß bei hohem Barometerstand die Menschenstimme steige, besonders nachts, bei Mond und auf der Höhe, soll der Herr Verwalter jetzt rasch die höchste Stelle des hochgelegenen Schlosses ersteigen und dann sich für einen Sopran halten und singen. Sie, die jungen Herrn, würden den Versuch genau notieren. Der Vater sang, bis die vor Lachen nicht mehr konnten und meinen Vater baten, mitzulachen. Der Großherzog war gar nicht der Großherzog, sondern sein Minister und Freund, der große Dichter Goethe. Der richtige Großherzog, der jetzt hervortrat, hat am lautesten gelacht. Goethe bot dem Vater ein Glas Wein und sagte dazu: Verschluck dich nicht. Mein Vater trank. Auf dem Boden des Glases fand er den Dukaten. Gib ihn ihm, gib ihn ihm, ja, sagte mein Vater und starb.

GOETHE Gib ihn ihm. Gib ihn ihm, ja. So, so. Na ja. Jetzt hab ich ihn. Also ... den Barometer erforsch ich heute noch. Der Barometer ist vom Erdinnern abhängig, sag ich. Die Schulphysik lacht auch. Na ja, mal sehen, nicht wahr. Warum aber gibt er mir das Gold zurück?

GUSTCHEN Er fand immer, er hab es nicht verdient.

GOETHE Der Gute.

GUSTCHEN Uns Kinder ließ er singen lernen. Zur

Sicherheit, sagte er. Es kann plötzlich verlangt werden.

GOETHE Bravo! Es wird verlangt, Gustchen. Gleich jetzt.

GUSTCHEN Aber zuerst Herrn Eckermanns Verzeichnisse.

ECKERMANN Nein, nein, nicht jetzt.

GOETHE Eckermann hat recht. Nachts keine Verzeichnisse. Zum Wohl! Eckermann, sagen Sie ... haben Sie Angehörige?

ECKERMANN Einen Halbbruder, verschollen in Westindien.

GOETHE Sie leben ... allein?

ECKERMANN Jawohl, Exzellenz.

GOETHE Und wohin geht's jetzt?

ECKERMANN Nach Heidelberg. Schlosser will mich für eine Zeitschrift. Dann heim, nach Hannover. Zur Verlobten.

GOETHE Oho, eine Verlobte! Sie wollen heiraten?

ECKERMANN Im Oktober.

GOETHE Hm. Sonstige Pläne?

ECKERMANN Graf Eduard, ein Trauerspiel, so gut wie fertig. Gedichte aus zehn Jahren müssen schnellstens heraus. In acht Tagen bin ich einunddreißig.

GOETHE Können Sie Englisch?

ECKERMANN Englisch? Nein, Exzellenz.

GOETHE Das lernen Sie. In Weimar. Von den Engländern. Weimar wimmelt von Engländern. Sobald Sie Englisch können, lernen die Engländer bei Ihnen Deutsch. Professor Melos hat eine Pension, da sind immer zehn, zwölf Engländer, die unterrichten Sie, verdienen Geld, essen gratis. Gerade jetzt, lieber Eckermann, aufpassen, nicht sich verzetteln. Nicht auf zu vielen Hochzeiten tanzen, Eckermann. Weimar! Wer was taugt, kommt nach Weimar. Von Heidelberg. Aus England. Sie fahren doch nicht den Leuten nach. Die Leute kommen zu Ihnen. Nach Weimar. Die Gefahr bei Ihnen, Eckermann, Sie geben leicht nach! Keine fremden Einflüsse, Eckermann! Heidelberg, Zeitschrift! Noch 'ne Zeitschrift! Ja was denn noch! Keine Zerstreuung mehr, Eckermann. Sie sind dreißig vorbei! Konzentration! Zentrum! Weimar! Das Trauerspiel zu Ende gebracht, die Gedichte herausgegeben, nebenher helfen Sie meiner Gesamtausgabe auf die Beine. Ist ja auch der deutschen Literatur gedient. Sonst ist noch manches möglich. Mehr sage ich nicht. Heute.

Nicht wahr. Mal sehen, Eckermann, nicht wahr. Aber ich spür's, ich weiß es: Sie gehören nach Weimar.

GUSTCHEN Ich auch.

GOETHE Du?

GUSTCHEN Zum Theater. Mein Vater hat gesagt: Faxen machen mußt du sowieso, also gehst du besser gleich zum Theater.

GOETHE Eckermann? Verstummt?

GUSTCHEN Jetzt lassen Sie doch den armen Eckermann. Riskieren Sie was, sagen Sie: Ja, Gustchen Kladzig, du mußt zum Theater.

GOETHE Ja, Gustchen Kladzig, du mußt zum Theater.

GUSTCHEN Danke, Exzellenz.

GOETHE Zum Wohl!

GUSTCHEN Aßmannshäuser! Herr Eckermann!

ECKERMANN Das wäre wunderbar. Alle nach Weimar.

GOETHE Ich nicht.

GUSTCHEN Ach Exzellenz, kommen Sie doch mit! Böhmen im Winter, mir graut.

GOETHE Weimar im Winter! Gustchen, Weimar im Winter, oh Gott, oh Gott.

August kommt.

AUGUST Zum Wohl! Grauenhafte Stadt, in der

keiner mit dir trinkt. Zum Wohl, Herr Eckermann.

ECKERMANN Zum Wohl, Herr Kammerjunker.

AUGUST Kommen Sie.

ECKERMANN Wohin, Herr Kammerjunker?

AUGUST Mein Zimmer.

ECKERMANN Ich?

AUGUST Trinken. Aßmannshäuser. Würzburger. Soviel, das schaffen wir beide die ganze Nacht nicht. Aber wir probieren, ob wir's schaffen. Vielleicht schaffen wir's. Wenn wir uns dranhalten. Noch fünf Stunden, bis 's hell wird. Wieviel Flaschen schaffen Sie in fünf Stunden? Mensch, Eckermann, ich kenn Sie doch nicht. Wie soll ich wissen, wieviel Flaschen Sie in fünf Stunden schaffen.

ECKERMANN Ich fürchte, ich ...

AUGUST Jetzt fürchten Sie doch nicht gleich. Papa, was habt Ihr mit dem braven Eckermann gemacht?

GOETHE Eckermann kommt nach Weimar, arbeitet mit an der Gesamtausgabe.

AUGUST Und das Fräulein nehmen wir auch gleich mit.

GUSTCHEN Erraten.

AUGUST Vor August von Goethe gibt es praktisch kein Geheimnis. Also los. Auf mein Zimmer, Herr Eckermann. Das Einstellungsgespräch wird mit mir geführt.

ECKERMANN Herr Kammerjunker! Sie brechen mir ja den Arm. Bitte!

AUGUST Ihr Wehren und Sträuben bricht Ihnen den Arm. So geben Sie doch nach, Mensch. Seine Exzellenz muß dichten, dichten, dichten. Tag und Nacht dichten. Bis alles gedichtet ist. Exzellenz, wir wünschen gute Verrichtung bei Ihrer Dichtung.

GOETHE Schon gut, August. Nicht so wild, Junge. Doucement.

AUGUST Doucement, Eckermann, doucement. Der hat ja Kräfte, dieser zarte Gelehrte. Der provoziert mich ja! Gefährlich ist's, den Leu zu wecken, Herr Eckermann. Also, sobald hier Schiller zitiert wird, geht das große Glotzen los. Papa, sag's ihnen doch: Hier darf Schiller zitiert werden. Sag's ihnen. Wer Schiller verachtet, kriegt's mit mir zu tun. Merken Sie sich das, Ekkermann.

GOETHE Geben Sie nach, Eckermann, wenn August in Schillerstimmung ist, muß man ihm folgen.

AUGUST Sonst fordre ich mein Jahrhundert.

ECKERMANN In die Schranken.

AUGUST Er wird schon wieder frech. Ab durch die Mitte. A bientôt.

Sie gehen.

GOETHE Quilibet suos manes. Armer August.

GUSTCHEN Ich bleib keine Minute unter diesem Dach.

GOETHE Aber wohin mit uns?

GUSTCHEN Nur hinaus. Ins Mühlbachtal. Eine Nachtfahrt. Durchs Mühlbachtal. Nach Weimar. Mit Wald und Mond und Bach.

GOETHE Wald und Mond und Bach.

GUSTCHEN Und Goethe und Gustchen.

GOETHE Und Goethe und Gustchen.

GUSTCHEN Zum Frühstück in Weimar. Nicht so zimperlich, Exzellenz. Mein Gesangslehrer Kirchner hat gesagt: Dezenz ist Schwäche.

GOETHE Aber wir haben keinen Wagen.

GUSTCHEN Natürlich. Kommen Sie.

GOETHE Goethe und Gustchen?

GUSTCHEN Klingt doch, oder?

GOETHE Mal sehen, nicht wahr.

GUSTCHEN Gestern nacht hab ich noch von Ihnen geträumt, Exzellenz.

GOETHE Ja?

GUSTCHEN Ich sollte ertränkt werden von zwei Männern. Wir standen schon im Wasser. Dann kamen Sie. Über das Wasser.

GOETHE Und dann?

GUSTCHEN Das sag ich erst in der Kutsche. Kommen Sie doch.

GOETHE Gustchen, Gustchen, mach es gnädig.

GUSTCHEN Na ja, mal sehen, nicht wahr.

Sie gehen.

Hoffnung

I

Im Herbst 1829. Eckermann ist seit genau sechs Jahren in Weimar. Er arbeitet an der Gesamtausgabe der Goethe-Werke mit. Sein Geld verdient er als Deutschlehrer für Engländer und Amerikaner. Auch der Erbgroßherzog soll jetzt bei ihm Englisch lernen. Zum Heiraten reichen die Einkünfte nicht. Er hat sich – und das mag sein Verhältnis zur Weimarer Gesellschaft charakterisieren – wieder seiner Kindheitsleidenschaft, den Singvögeln, zugewandt. Als Hannchen im Herbst 1829 überraschend zu Besuch kommt, findet sie ihren Verlobten schon umgeben von 30 bis 40 Vogelkäfigen. Seit drei Jahren haben sich die Verlobten nicht mehr gesehen.

Hannchen schneidet Eckermann die Haare.

ECKERMANN Mach, Hannchen, mach.

HANNCHEN Noch kürzer steht dir nicht, Ecker.

ECKERMANN Hannchen, hier trägt man sie jetzt so kurz, glaub mir. Weimar ist nicht Hannover.

HANNCHEN Weimar ist ...

ECKERMANN Pscht, Hannchen. Schneid noch was weg. Ottilie können sie zur Zeit gar nicht kurz genug sein. Goethe lächelt bloß. Wenn ich frisch geschnitten komme, stutzt er und lächelt. Göttlich, Hannchen, wie er stutzt und dann lächelt. Eine unglaubliche Toleranz.

HANNCHEN So, Schluß jetzt, sonst gefällst du nur noch dieser Ottilie.

ECKERMANN Die arme Ottilie.

HANNCHEN Ja, ja, und einen Engländer nach dem anderen. Das kommt vom Hof, Ekker. Das ist das Feudale. Wenn sie dir leid tut, bist du schon angesteckt.

ECKERMANN Eine Frau, die immer draufzahlt. Du wirst sie mögen. Sobald heut alles besprochen ist, Anstellung, Gehalt und so weiter, erwähn ich, daß du zufällig da bist. Ottilie will dich sofort sehen, das weiß ich. Mit der kannst du, das spür ich. Der junge Goethe, so grob, so nüchtern, so platt. Sie dagegen, unergründlich! Schau ihr in die Augen, du glaubst, du ertrinkst. Dir wird schwindlig. Ein Frühstück bei ihr bestimmt er für das Versorgungsgespräch. Das ist Goethe, Hannchen!

HANNCHEN Wart's ab.

ECKERMANN Höhere Zärtlichkeit ist das. Familiäres, Menschliches soll bei Ottilie besprochen werden. Einmal sagte sie zu mir, wer Menschenverstand hat, ist fein heraus, sie habe nur Menschenherz, damit sei man verloren.

HANNCHEN Wenn die nicht fein heraus ist, Frau von Goethe! Dich halten sie hin seit sechs Jahren, nutzen dich ...

ECKERMANN Pscht, Hannchen.

HANNCHEN Etwa nicht?! Hat dein Goethe dir für die ewige Redigiererei auch nur einen Pfennig bezahlt? Hat er?

ECKERMANN Geld ist eine schöne Sache, wo etwas abgetan werden soll. Sagt Goethes Figur und Ebenbild Wilhelm im Roman. Verstehst du! Goethes Verhältnis zu mir erlaubt kein Geld. Deshalb hat er dafür gesorgt, daß ich Englisch lerne und jetzt Stunden geben kann.

HANNCHEN Um dann für ihn zu schuften. Daß von ihm alles schön herauskommt. Je länger du in seinem Papier rumwühlst, desto mehr Bände. Und von dir? Das Trauerspiel? Die Gedichte? Nichts. Bloß noch Goethegoethegoethe. Und dann noch der Hof! Ansprüche und kein Geld! Ausgaben für Halsbinden und Fräcke, bloß um ins Theater zu hocken. Du gehst um mit dem Geld, Ecker, das ist schon feudal! 145 im ersten Halbjahr von den Engländern. Und noch Schulden gemacht.

ECKERMANN Halsbinden und Fräcke.

HANNCHEN Und dafür gibst du Stunden!

ECKERMANN Du hast mich nie im Frack gesehen!

HANNCHEN Dafür schluckst du die Launen der Herrchen aus London und Philadelphia!

ECKERMANN Du hast nie gesehen, wie dieser Hals aus einer weißen Binde steigt. Ich habe eine Frackfigur, Hannchen!

HANNCHEN Das sagt einer, der für sein Stundengeben noch keine 300 Taler errackert! Wie denkt sich Goethe das! Da es doch seine Idee war, daß du dich mit Stundengeben durchbringen sollst. Er wagt es, dir von allem Besseren abzuraten! Seit Jahr und Tag. Nach Hannover?! Archiv-Sekretär? Lieber, bester Doktor! Böte man dort sechshundert oder gar achthundert, dann müßte ich Ihnen wohl zuraten! Für drei- bis vierhundert, nein. Eine zu kleine Stelle, bester Doktor! Kleine Stellen kosten viel Zeit, bringen wenig Geld. Das Charakteristikum der kleinen Stelle, lieber Doktor: viel Zeit, wenig Geld. Weimar hat momentan leere Kassen, Weimar kann momentan keine Hundert-Taler-Stelle bieten. Aber Geduld tut mehr als rohe Eile, lieber Doktor. Nichts in der Welt wird sprungweise erreicht, alles durch Beharrlichkeit und Beobachtung der Umstände! Haben wir nicht zu dem Doktor-Diplom die Gelegenheit abgewartet! So werden wir's mit der weiteren Versorgung halten. Es kann sich hier in kurzem etwas tun, das nicht abgewartet zu haben, man bedauern müßte!

ECKERMANN Bravo! Hannchen! Ich muß mir ein Kompliment machen. So genau hab ich ihn dir geschildert, daß du ihn noch genauer nachmachen kannst!

HANNCHEN Woher willst du wissen, daß er ausgerechnet heute die sechsjährige Vertrösterei beendet, Mensch?!

ECKERMANN Pscht, Hannchen. Daß ich heute Angebote erhalte von der Revue encyclopédique in Paris! daß ich in Leipzig an die Spitze einer neuen Zeitschrift soll! daß das Conversations-Blatt in Berlin mich als Mitarbeiter will zu jeder Bedingung, Hannchen, ich kann verlangen, was ich will, das verdanke ich diesen sechs Jahren.

HANNCHEN So … und warum nimmst du dann nicht an in Leipzig, Paris, Berlin? Warum?! Los, sag es jetzt!

ECKERMANN Er will es nicht. Er ist dagegen, daß man sich verzettelt. Ja, soll ich mich denn verzetteln?!

HANNCHEN Jetzt sag ich dir einmal, wie alt du bist: siebenunddreißig. Und mußt hier unter eingesperrten Vögeln hausen! Das sag ich dir, weil ich achtundzwanzig bin!

ECKERMANN Pscht, Hannchen. Ich muß hier nicht unter eingesperrten Vögeln hausen. Jeder dieser Vögel ist ein Freund.

HANNCHEN Wenn ich blieb, müßten sie weg. Alle.

ECKERMANN Du bist schlimmer als Herodes.

HANNCHEN Blumen sind schöner. Und riechen besser. Und diese Bogen an den Wänden! Wie in einem Negermuseum! Es zeigt nur, wohin du kommst, mit deinem Goethe!

ECKERMANN Pscht, Hannchen. Hat er nicht recht gehabt, daß er mich schützte vor kleinen Stellen! Ich, kleinmütig, demütig, hätte zugegriffen. Und aus! Heute denk ich über kleine Stellen wie er. Ihm dank ich's, daß ich jetzt frei bin für größere. Daß du gerade jetzt gekommen bist, Hannchen ...

HANNCHEN War's zu früh, nach drei Jahren?!

ECKERMANN Nein, Wildling. Glücklich bin ich, daß du gekommen bist! Ich werd's erwähnen drüben. Du kannst dich bereithalten, du wirst gerufen!

HANNCHEN Ich trau dir nicht mehr, Ecker, entschuldige.

ECKERMANN Versteh ich. Ich trau mir auch nicht. Aber jetzt ... heute!!! Ich werde ... du wirst sehen, Hannchen.

HANNCHEN Ich hab zu viele Briefe gelesen, in denen stand, wie glücklich du bist mit deinem Goethe. Sechs Jahre lang, jede Woche: mein großer Goethe, mein lieber Goethe, wie glücklich war ich gestern wieder mit meinem göttlichen Goethe, vier Stunden, er, in Hemdsärmeln, gab mir von seinem Teller, schenkte mir Würzburger ein, wir waren die einzigen, die Wein tranken, Kanzler von Müller trank Zuckerwasser, ein himmlischer Abend, die höchsten Gespräche, Goethe ist herrlich, Goethe ist gesund, Goethe ist schön, ach könntest du ihn endlich aus der Nähe sehen, wie er sich hält, die Hände auf dem Rücken, wie er geht, sein

Adlerauge, der Jupiterblick, ein Liebling der Götter ...

ECKERMANN Ist er doch, Hannchen.

HANNCHEN Aber daß du seit elf Jahren verlobt bist, ist dem Götterliebling scheißegal. Und dir auch.

ECKERMANN Mir nicht!

HANNCHEN Das versuch ich mir auch einzureden. Darum bin ich da. Ecker, dein letzter Brief ist schuld. Den sollte ich dir mitgeben, wenn du hinübergehst zu denen. Darf ich dir sagen, was du geschrieben hast?

ECKERMANN Sag es, Hannchen. Bitte.

HANNCHEN Wenn ich verrückt werde, hast du geschrieben, so soll man an meine Türe schreiben: Dieser ist vor Liebe und Treue verrückt geworden. Er war ein guter Mensch, aber er dachte nichts als an sein Hannchen, und dieser Gedanke hat ihm den Verstand genommen.

ECKERMANN So ist es.

HANNCHEN Darum bin ich gekommen. Und wenn ich gehe, Ecker, ohne daß wir anders gestellt sind, dann geh ich für immer. Ich hab nämlich auch einen Verstand zu verlieren.

Es klopft.

ECKERMANN Wer da?

IDA Ida, Herr Doktor, Ida!

ECKERMANN Ida! Ida Melos, die Tochter der Engländerpension.

Öffnet.

Ida! Was gibt's?

IDA Die Kladzig schickt mich. Hier, die Vögel kann sie nicht brauchen. Die stören sie. Nachts im Schlaf. Tags beim Rollenlernen. Und den Handschuh, den der Herr Doktor einfach mithat, soll ich ihr bringen. Wenn Sie ihn noch behalten wollen, Herr Doktor, sag ich, ich hab vergessen, danach zu fragen. Daß sie die Vögel loshat, ist ihr wichtiger. Glaub ich. Der Handschuh ist ja alt. Hat sie selber gesagt. Ein ganz verrissener. Also daß sie den wiederwill, kapiert man überhaupt nicht. Sie meint, glaub ich, den wollen Sie besonders gern behalten, darum will sie ihn zurück. Ich finde, sie ist nicht mehr so nett, seit sie den Erfolg hat. Zwei so nette Kreuzschnäbel für einen verrissenen Handschuh, ja was will sie denn noch?!

Es klopft.

ECKERMANN Wer da?

STADELMANN Der Stadelmann, Herr Doktor.

ECKERMANN Dann brennt's drüben. Ida, grüß Gustchen von mir. Ich lass von mir hören.

Leiser:

Hannchen, geh solang ins andere Zimmer.

Öffnet.

IDA Ich sag alles, genauso wie Sie es sagten. Ach ja, Mama sagt, Papas Fieber geht nicht runter.

ECKERMANN Ich komm. Am Nachmittag. Spätnachmittag. Sie soll Wacholder besorgen. Beeren und Reis.

IDA Ach ja.

ECKERMANN Was denn noch, Ida?!

IDA Ist das Fräulein eine Schwester von der Kladzig?

ECKERMANN Nein.

IDA Sieht aber so aus.

ECKERMANN Schnell, geh jetzt, Ida. Stadelmann, wo brennt's?

IDA Die Kladzig will übrigens nach Wien.

ECKERMANN Nein! Wann?

IDA Je, ist das spät. Adieu, Herr Doktor.

ECKERMANN Ida!

STADELMANN Herr Doktor! Es eilt wie noch nie. Gestern sollte ich Ihnen das gebracht haben. Gestern. Und jetzt ist schon wieder heute. Also die Zeit, wie die vergeht, Herr Doktor. Gestern geh ich aus dem Haus, Ihnen das von der Exzellenz zu bringen, und werde abgelenkt. Und wie, Herr Doktor. Praktisch bis jetzt! Der Herr Doktor ist mir untreu geworden! Und wer erntet jetzt das schöne Haar an Stadelmanns Stelle? Ich liefere brav exzellenzisches Haar, das der Herr Doktor so liebt, und krieg jetzt also kein doktorisches mehr, ist das so?

ECKERMANN Stadelmann, Stadelmann! Das war aber eine ausgiebige Ablenkung! Nur kein Radau jetzt.

STADELMANN Aber die Konkurrenz, Herr Doktor, wer bitte?

ECKERMANN Niemand, Stadelmann. Ich habe selber ein bißchen geschnippelt.

STADELMANN Das sieht man. Herr Doktor, so können Sie nicht unter die Leute. Bloß gut, daß ich grad hereinschnei. So zur Exzellenz, das gäb was! Und die Schere, der Kamm, Herr Doktor.

ECKERMANN Schluß, Stadelmann! Es reicht.

STADELMANN So können Sie nicht in die Welt treten, Herr Doktor. Das sieht aus wie die kaputten Stufen vorm Erfurter Dom.

ECKERMANN Stadelmann, Schluß.

STADELMANN Herr Doktor, ich verlang heut kein Bier. Aus Sympathie. Und weil Sie so nicht in die Welt treten können.

ECKERMANN Stadelmann, bitte.

STADELMANN Herr Doktor, Sie sind immer so nett zu mir gewesen, ich tu's wirklich gern. Wo ist die Schere?

ECKERMANN Ich weiß es nicht. Bitte …

STADELMANN Ich find sie schon, Herr Doktor. Lesen Sie solang, was die Exzellenz schickt. Ich schau nach Schere und Kamm. Weit können die ja noch nicht sein, wenn Sie gerade noch geschnippelt haben. Geschnippelt hat der gute Doktor. Man sieht's, daß er geschnippelt hat.

ECKERMANN Stadelmann … das ist aber peinlich. Die Manuskripte, die Sie jetzt bringen, hätt ich heute früh gelesen haben müssen.

STADELMANN Die Ablenkung, Herr Doktor. Sein Sohn ist schuld. Ich habe den Herrn Kammerrat jetzt an einen Baum gelehnt.

ECKERMANN Hinaus, Stadelmann, ich muß arbeiten.

STADELMANN Was Sie da geschnippelt haben, das nehm ich mit. Mit dero Erlaubnis.

ECKERMANN Stadelmann!

STADELMANN Sie wollen mich loshaben, Herr Doktor! Wie brüllte der Herr Kammerrat die ganze Nacht: Aus Gewohnheit ist der Mensch verkracht, und die Gemeinheit nennt er seine Amme. Guten Tag!

Stadelmann geht.

ECKERMANN Hannchen!

HANNCHEN Goethes Diener, und ich muß hinaus!

ECKERMANN Weil sie's von mir erfahren sollen, daß du da bist. Sonst meinen sie, ich verheimliche es.

HANNCHEN Tust du doch!

ECKERMANN Bis heute mittag. Um neun Uhr Frühstück mit Versorgungsgespräch. Um elf die Künstler. Da muß ich sprechen. Thema: Wie porträtiert man Goethe. Das hat er nicht verlangt, Hannchen! Ich habe das angeboten, von mir aus! So stehen die Sachen. Er hat dankend akzeptiert. Um ein Uhr Mittagessen. Da rück ich raus damit: Hannchen ist da! Halt dich bereit. Jetzt horch, was er mir schreibt: »Haben Sie die Güte, mein Guter, bester, lieber Doktor, beikommende, schon bekannte Gedichte nochmals durchzugehen, die voranliegenden neuen einzuordnen, damit es sich zum Ganzen schicke. Faust folgt hierauf. Ein frohes Wiedersehen! Getreulichst, Goethe.« Hannchen, muß man ihn nicht lieben?

HANNCHEN Ich pack mein Zeug. Nachmittags fahr ich.

ECKERMANN Herrgott, Hannchen, du Schwerhörige! Heut zeigt er, wie er es meint mit mir. Vor einem Monat: Ich habe mir etwas ausgedacht für Sie. Sprechen Sie mit meinem Sohn. Ich sprech den zweimal an, den Saufbold. Der tut, als wisse er von nichts. Jetzt greift Goethe selber ein. Gerade sind die ersten fünf Bände heraus. Die Ausgabe marschiert. Man sieht, was man hat an mir. Das spürst du doch aus diesem Briefchen, daß er mich liebt? Du wirst ihn genauso lieben. Ach, wenn du erst bei mir bist! Ich werde endlich wieder schreiben, Hannchen. Ich bin voller Gedichte, Hannchen. Napoleon wurde gut, als er Josephine hatte. Schiller schrieb das Beste, sobald er verheiratet war. Als Eckermann sein Hannchen hatte, wird es heißen, da fing er an, er selbst zu werden.

HANNCHEN Und die zurückgeschickten Kreuzschnäbel, ein löchriger Damenhandschuh, was heißt das?

ECKERMANN Du kennst sie aus meinen Briefen so gut wie Goethe. Gustchen.

HANNCHEN Die in der Nacht mit dir herkam?

ECKERMANN Sie ist ein Erfolgstyp. Rennt überall hin. Ich bin lieber allein.

HANNCHEN Mit einem löchrigen Handschuh.

ECKERMANN Daß sie dir so gleicht, hat mich doch ein wenig anziehen dürfen, oder?

HANNCHEN Ich bin kein Erfolgsmensch.

ECKERMANN Wart's ab.

HANNCHEN Du gehst in ihre Wohnung und nimmst was mit!

ECKERMANN Die kleine Ida dramatisiert.

HANNCHEN Und schickst ihr Vögel.

ECKERMANN Eine Geste, wie sie üblich ist in der Welt.

HANNCHEN Daß man löchrige Handschuhe mitnimmt auch?

ECKERMANN Auch, ja. Oh ja. Man nennt das eine Aufmerksamkeit. Ich muß gehen, Hannchen. Kann ich so gehen? Die Vögel haben noch nichts gekriegt!

HANNCHEN Ja, ja, geh nur.

ECKERMANN Du wirst gerufen! Jawohl, mein Hannchen. Du liebe Liebe du. Wenn du hier bist, vielleicht vermiss ich die Vögel dann wirklich nicht mehr.

HANNCHEN Aber wie soll ich bleiben, Ecker, von was denn?!!

ECKERMANN Ach Hannchen, das mach ich doch. Ich bau uns ein Nest. Nester sind meine Spezialität.

HANNCHEN Der halbwilde Hausierersohn unterschied die Dörfer in der Heide nur nach den Vogelnestern. Geh jetzt.

ECKERMANN Du wirst gerufen, Hannchen. Oh Gott, die Brille, jetzt wär ich doch beinah mit Brille hinüber! Da, Hannchen, bewahr du sie mir auf.

2

In Ottiliens Wohnung im obersten Stock des Goethe-Hauses am Frauenplan in Weimar frühstücken Goethe und seine Schwiegertochter Ottilie. Die Wohnung ist geräumig, was die Fläche angeht, aber es ist eine Mansardenwohnung. Im Jargon der Freunde hieß sie »das Schiffchen«. Eckermann wird von einem Diener hereinbegleitet.

OTTILIE Gott grüße Sie, lieber Doktor! Kommen Sie! Kommen Sie zu uns. Sehen Sie, Vater, wie hübsch unser Doktor die Haare geschnitten hat. Very, very fashionable.
Nicht so laut, aber nicht zu leise:
Er hat keine gute Nacht gehabt. Die ganze Nacht im Lehnstuhl.
Etwas lauter:
Ich finde, die Sitzung für die Künstler muß abgesagt werden.

GOETHE Nein.

OTTILIE Doktor! Was finden Sie? Greifen Sie zu, Doktor.
Nicht so laut:
Er ist wieder so pessimistisch. Wenn

noch porträtiert werden soll, dann gleich. Es kann mit ihm nur schlechter werden.

ECKERMANN Exzellenz sehen ausgesprochen frisch aus.

GOETHE Pscht. Nicht diese Impropriẹtät der Ausdrücke, Doktor.

OTTILIE Und mußte heute morgen auch noch Stadelmann entlassen. Es ging nicht mehr. Er hat Haare versteigert. Heute nacht. Ja. Auf der Esplanade. Von Goethe und Schiller.

Leiser:

Daß August dabei war, haben wir dem Vater verschwiegen.

Lauter:

Um einen Tag könnte man die Sitzung verschieben. Diese Künstler sind gern in Weimar, Vater. Denen geb ich heut abend einen thé dansant, dann sind die glücklich.

GOETHE Das Salz, Ottilie. Ich seh kein Salz.

OTTILIE Direkt vor Eurer Hand, Vater.

GOETHE Ich seh's nicht, Ottilie, ich seh's doch nicht.

OTTILIE Verzeiht. Warum geb ich's Euch nicht gleich in die Hand.

Nicht so laut:

Doktor, daß ich Ihnen 72 Taler schulde, vergess ich nicht. Bitte sagen Sie's mir, wenn Sie Ihr Geld brauchen. Daß Sie mich nicht drängen, wenn's nicht nötig ist, weiß ich. Das einzige, was August und mich verbindet: wir können nicht mit Geld umgehen. Ach könnt er's doch, dann hätt ich ihn wirklich nicht geheiratet.

Lauter:

Genau zu Mittag wird der Mordbrenner Weißmantel hingerichtet, Vater. Da wollen Künstler doch dabeisein. Wir müssen verschieben.

GOETHE Bei ihrem System, für jeden, der ihren Weg kreuzt, alles zu tun, was sie kann. Doktor, darf man mit Ihnen schon beim Frühstück von Geschäften sprechen?

ECKERMANN Aber ja, Exzellenz, aber ja.

GOETHE Zuerst also wollte ich ... was wollte ich zuerst ...?

ECKERMANN Ging's um das Problem, das der Herr Kammerrat schon zweimal mit mir klären sollte?

GOETHE August? Nee. Es war nichts, wo August vorkommt. Wo ist August, Ottilie? Kommt er nicht zum Frühstück?

OTTILIE *leiser:* Hoffentlich nicht.

Lauter:

Wohl kaum, Vater.

GOETHE Ottilie, was wollte ich mit dem Doktor besprechen. Zwei Fragen waren es ...

OTTILIE *leiser:* Haben Sie schon an Sterling geschrieben?

ECKERMANN Nein, ich konnte noch nicht ...

OTTILIE Oh gut! Bitte fügen Sie von mir hinzu, was ich in meinem Brief wegen eines Zusammentreffens schrieb, seien Besorgnisse gewesen, keine Gründe gegen ein Treffen. Keine Gründe! Nur Besorgnisse! Natürlich komm ich. Wenn er will. Wohin er will. Er muß es nur sagen. Bitte, Doktor!

ECKERMANN Ja, Frau Kammerrat.

GOETHE Zwei Fragen. Eine weiß ich. Aber zuerst wollte ich die andere ... hm. Na ja.

ECKERMANN Hat es mit mir zu tun, Exzellenz?

GOETHE Denke schon.

ECKERMANN Nun ja, Exzellenz, dann ist es doch einfach ...

GOETHE Sie hatten doch die Idee, zu den Künstlern zu sprechen.

ECKERMANN Ja, Exzellenz.

GOETHE Na eben! Darf man hören? Das war's. Darf man?

ECKERMANN Ach so. Das war's.

GOETHE Zuerst das, dann das andere.

ECKERMANN Ja, gern. Sehr gern. Also. Ich würde am liebsten mit dem Gedicht beginnen, das Sie vor drei Jahren Zelter mitteilten.

Sibyllinisch mit meinem Gesicht
Soll ich im Alter prahlen!
Je mehr es ihm an Fülle gebricht,
Desto öfter wollen sie's malen!

In Prosa fuhren Sie fort: »Man muß es aber geschehen lassen.« Sie, Exzellenz, wären ja noch nicht da, ich spräche also in Ihrer Abwesenheit weiter. Ich würde sagen, so denkt Goethe über das Gemaltwerden. Es ist ihm Pflicht. Er weiß, er ist Geschichte. Sein Leben, seit Jahr und Tag, das eines Mitarbeiters der Geschichte. Wie malt man den? Malt Goethe schön, würde ich sagen. Dann malt ihr ihn nicht nur, wie er gemalt werden will, sondern wie er gemalt werden muß. Er ist nämlich schön. Von dieser Schönheit darf er selber sprechen, ohne daß man ihn eitel nennen kann. Seine Schönheit ist ein Resultat, ist Frucht der Arbeit. Er ist schön geworden durch seine Lebensarbeit. Dann würde ich aus den

»Wahlverwandtschaften« zitieren: »Doch bleibt immer das schönste Denkmal des Menschen eigenes Bildnis ... Nur müßte es aber auch in seiner besten Zeit gemacht sein, welches gewöhnlich versäumt wird.« Dem Satz würde ich widersprechen. Die Schönheit, die Goethe sich erstritten hat, würde ich sagen, ist nicht von Jugend abhängig. Seine Bildnisse aus fünfzig Jahren beweisen das. Ich finde, Goethe ist immer schöner geworden. Und die Künstler haben es bemerkt. Die Goethe-Bilder zeigen einen immer schöner werdenden Menschen. Das ist sein Lebenserfolg. Das hat er geschafft. Die Künstler mußten es bemerken. Aber jetzt ist in der Kunst die Gegenströmung so stark geworden, die Liebe zum Unschönen so mächtig, daß wir, wenn jüngste Künstler jetzt Goethe malen, auch auf Schlimmes gefaßt sein müssen. Etwas durchaus Harmonisches zu machen, hielten sie für Lüge. Wünscht Weimar also, der junge Künstler von heute müsse Goethe immer noch griechisch drapieren? Aber nein, meine Damen und Herren. Als

Christian Daniel Rauch vor Jahren die Entwürfe für das in Frankfurt geplante Goethe-Denkmal erarbeitete, hat Goethe zwar selbst zur antiken Bekleidungsweise geraten, weil er fürchtete, das Denkmal werde, wenn er da im Anzug der Zeit sitze, so rasch wie dieser Anzug veralten. Erinnern wir uns aber an 1780, an Klauers Büste, damals schon mit Toga. Dann 1787 Trippels Büste, auf der rechten Schulter schließt die Spange den antiken Mantel, die Spange gearbeitet als Maske der tragischen Muse. Dann Tischbein, der Goethe auf den gestürzten Obelisken setzte, hinten die Ruinen der Campagna di Roma. Der eine hat ihn auf den Theaterthron gesetzt, der andere ihn vor den Vesuv gestellt, aber jeder hatte offenbar das Gefühl: diesen Mann mußt du in mehr als im zivilen Augenblick darstellen. Ich würde sagen, die antiken Requisiten seien inzwischen nicht mehr so beliebt. Ich würde sagen, Goethe habe ja selber gesagt, der Künstler solle sich nach den Alten bilden, aber nicht die Alten nachbilden! Aber wie? Nachher komme ja seine Exzellenz, der Staatsminister und Geheimrat von Goethe, im schwarzen Frack herein, auf der Brust den Stern, den ihm der König von Bayern selbst angeheftet hat. Ich könne voraussagen, das werde für einen empfindlichen Menschen ein heftiger Eindruck sein. Von der Jupiterstirn, vom Adlerauge, vom nie ganz unbewegten Mund hätten sie alle genug gehört. Daß das linke Auge höher sitze als das rechte, die rechte Gesichtshälfte schmaler wirke als die linke ... das alles sei unter Malern heute bekannt. Aber – und das, würde ich sagen, ist jetzt das Problem – junge Maler sind heute in Gefahr, Goethe in ihrer aktuellen Kulisse verschwinden zu lassen. Gerührt von der hohen Erscheinung des Achtzigjährigen, fangen sie an, ihn als den Zeitgenossen ihres Gefühls zu malen. Dann würde ich ein Beispiel geben für dieses moderne Gefühl. Jenes Bild eines Berliner Modernen, Winterbild, Brunnen, festgefrorenes Wasser, unter Schneelasten brechende Zweige, Mönche im Schnee, auch noch Barfüßermönche, auch noch mit einem Sarg, darin ein toter Bruder. Dazu Ihren Kommentar, Exzellenz: lauter Negationen des Lebens, der freundlichen Gewohnheiten des Daseins. Erstorbene Natur als Kunstgegenstand. Ihre zornige Meinung dazu: Den Winter statuiere ich nicht. Mönche, lebendig begrabene, statuiere ich nicht. Kloster, ein verfallenes Kloster statuiere ich nicht. Und auch noch eine Leiche! Den Tod statuiere ich nicht. Einen Friedhof, von mir aus mit Mond darüber, malt man im Frühling! Ein anderes Mal, würde ich sagen, wies Goethe mich auf einen Sarkophag aus Herculaneum hin, auf die Leichen der Kinder der Niobe. Zwölf oder zwanzig Kinder der Niobe, erschossen von Apollon und Artemis, darüber versteinert die Mutter: und doch hat der Künstler alles schön gemacht. Die Leichen leben. Das gefiel Goethe! Die furchtbarste Szene als Material für die schönste Darstellung. Für ihn ist das Kunst. Niobe als Zierat. Kunst verziert nicht nur mit Blumen und Früchten, sondern mit schönsten Leichnamen. Mit dem größten Elend, das einer Mutter und einem Vater passieren kann. Erinnern Sie sich, meine Damen und Herren Künstler, wie Goethe im »Wilhelm Meister« den »Saal der Vergangenheit« baut. Ein Totenreich, Sarkophage, Urnen, Aschenkästchen, aber alles in schönsten Fassungen, gelber bis rötlicher Marmor, die reinste Heiterkeit herrscht in diesem Totensaal. Kunst und Leben, heißt es da, heben jede Erinnerung an Tod und Grab auf. An einem besonders prächtigen Sarkophag prangt die Inschrift: Gedenke zu leben. Vergleichen Sie den prächtig ruhigen Goethe-Saal mit der monströsen Grabanlage, in der Jean Paul seinen Selbstmörder Lord Horion im Hesperus-Roman beerdigt! Im schwarzen Marmor liest man dort: Es ruht. Krankheit, Schmerz, Verzweiflung, die ins Wilde und Triste gehenden Tendenzen der Moderne mag Goethe nicht. Krankheit geht den Menschen nichts an, hat er einmal ausgerufen. Nur die Gesundheit sei remarkabel. Ich würde an den Ausdruck LAZARETT erinnern. An den Satz: »Die Poeten schreiben alle, als wären sie krank und die ganze Welt ein Lazarett.« Ich würde sagen, das sei

mein Motiv, deshalb spräche ich hier: Goethe ist vom Negationisten nicht darstellbar. Wer Goethe nicht schön darstellen kann, kann ihn nicht darstellen. Der Verzweiflungsvirtuose muß die Finger lassen von diesem Lebensmann. Ich würde sagen, Goethe habe nie etwas anderes mitgeteilt, als daß er lebe. Noch nie habe einer so gar nichts anderes mitgeteilt, als daß er lebe. Ich lebe. Hört ihr, ich lebe. Versteht ihr mich: Ich sage, ich bin am Leben. Das hat er gesagt. Eine schönere Botschaft hat keiner gebracht. Jetzt würde ich an das Bild erinnern, das Stieler letztes Jahr für den Bayernkönig malte, würde zitieren, daß Sie über diesen gemalten Goethe sagten: Der sieht so schön aus, daß er wohl noch eine Frau bekommen könnte.
Ich würde sagen, mit Zitaten sei nichts zu beweisen, man drücke dadurch nur aus, was man gern bewiese. So käme ich zum Hauptsatz für diese Sitzung: Wer mich nicht liebt, darf mich auch nicht beurteilen. Das ist, würde ich sagen, die liebenswürdigste Anmaßung, zu der sich je ein Mensch verstieg. Im LAZARETT, unter den Ver-

zweifelten, liebt jeder nur sich und seine Verzweiflung. Aber Elend und Verzweiflung dürfen uns wohl nicht fordern, sie zu lieben. Wo Elend ist, ist Haß, Häßlichkeit, Revolution. Goethe mußte sich immer hüten vor allem, was verzerrt. Solche wie Victor Hugo und Kleist meinten, sie müßten nichts zeigen, als wie man sich krümmt unter den Schlägen des Schicksals. Leiden können wir auch ohne Kunst. Wenn Kunst, dann als Triumph. Über alles. Besonders über das Schlimmste. Den Tod. Und was ist denn wahrer, die Verzweiflung oder unser Bedürfnis, nicht zu leiden? Das ist sein Motiv: nicht zu leiden. Lügt er also, glättet er? Wer ist wahrhafter, der, der das Leiden überall und in allem fürchtet und alles, was er tut, tut, um nicht zu leiden, oder der, der dem Leiden sich hingibt, es wollüstig vermehrt durch Darstellung?! Der die Verzweiflung feiert?! Der Gewalt flattiert, die das Leiden über ihn hat?! So die Gewalt überhaupt legitimiert?! So ein Anwalt wird des Todes, dieser größten Gewalt gegen das Leben! Und wenn das Recht des Anwalts bedarf und ihn verdient, wie erst das Leben! Aber diese modernen Künstler sind lieber Anwälte des Rechts und lieber Todesanwälte als Anwälte des Lebens. Davon leben sie. So, wer lügt jetzt? Der aus dem Schrecklichsten Schönheit wirtschaftet oder der, der davon schön lebt, daß er das Schreckliche feiert als Schreckliches?! Goethe ist der Lebensanwalt. Darum, würde ich sagen, müsse man ihn lieben. Aber wie lächerlich dieses MÜSSEN, wenn er uns nicht befähigte zur Liebe, zur Liebe zu ihm. Er macht uns vor, wie man gern lebt. Dafür liebt man ihn. Nichts Liebenswürdigeres als Lebensfreude. Würde ich sagen. Wie macht man das: in jeder Sekunde, in der man lebt, zu leben? Das hat er vorgemacht. Ansteckend. Ich könne es bezeugen. Ich, ein Halbwilder aus der Heide, der als Kind jahrelang die rohen Dörfer passierte und sie nur nach den Vogelnestern unterschied, ich, von ihm als Herankömmling bezeichnet, sei durch ihn in ein Klima des Werden- und Wachsenkönnens gekommen, in ein Lebensklima eben, in sein Klima also, in dem ich zu hoffen lernte. Vorher war das Leben bei mir nicht so beliebt. Wie er kann ich's immer noch nicht lieben. Würde ich sagen. Oft zerre noch Haß an mir. Grauenhafterweise möchte mir das von ihm buchstabierte Leben oft liebenswürdiger vorkommen als mein wirkliches. Aber wenn ich ein Maler wäre, das weiß ich, ihn könnte ich schön darstellen. Ich würde sagen, es falle schon auf, daß die Bilder, die Angelika Kaufmann und Julie von Egloffstein von ihm gemalt haben, am schönsten seien. Am reinsten schön. Die Männer neigen zur Negation. Müssen sie ja. Da sie im Lieben schwächer sind. Wer liebt, ist reich. Wer geliebt werden muß, um zu lieben, ist arm dran. Das, würde ich sagen, ist nun der Clou für jeden, der sich mit Goethe beschäftigt: da er es durch seine Lebhaftigkeit so leicht macht, ihn zu lieben, wird man durch ihn reicher. Das sagt euch ein Armer, würde ich sagen. Um sie am Schluß auch noch ein bißchen zu verwirren. Und stimmen tut's auch.

OTTILIE Na, na. Wer es so in Hülle und Fülle hat wie Sie! Vater?!

GOETHE Na ja, höchst kongruent, sehr verständig.

OTTILIE Ja, sehr verständig. Und wahnsinnig kongruent. Also wirklich, Doktor. Aber diese schöne Rede könnten Sie ja auch noch übermorgen halten. Ich hab einfach Angst, die Künstler drehen durch, wenn sie ihn so sehen.
Lauter:
Vorgestern der Aderlaß, zwei Nächte im Sessel. Das ist doch nichts zum Malen.

GOETHE Sollen sich was einfallen lassen.

OTTILIE Aber wenn es Euch zu anstrengend wird, brechen wir ab.

GOETHE Na ja, mal sehen, nicht wahr. Hm. Und jetzt?

ECKERMANN Ja. Die zweite Frage.

GOETIIE Sie haben alles gesagt, was Sie sagen wollten?

ECKERMANN Eigentlich schon.

GOETHE Hm. Na ja.

ECKERMANN Exzellenz deuteten an … noch ein zweites Problem …

GOETHE Ja. Ja, schon. Aber da wollen Sie mich offenbar trotz aller Liebe enttäuschen, mein Bester. Gut, gut. Bin nicht mehr neunzehn. Aber man ist immer neunzehn. Hab Ihnen Gedichte geschickt. Gestern. Sie kommen herüber. Wir reden, Sie erwähnen die Gedichte nicht. Das schmerzt mit achtzig wie mit neunzehn. Bester Doktor, nicht jetzt auf Bestellung, was von selbst nicht kam. Werd's überleben. Demnächst also. Kann sein, die Gedichte sind wirklich nicht gut. Mal sehen, nicht wahr. Trag Ihnen nichts nach. Gebe dem anderen immer eine Chance mehr als er mir. Kann ich mir leisten. Sollen haben, was Sie nach dem Gespräch kriegen sollten. Der Baschkirenbogen, von einem Häuptling, anno 14, gehört ab heut in Ihre Sammlung, lieber Doktor.

ECKERMANN Ein Baschkirenbogen! Und zwei Pfeile! Exzellenz! Wie soll ich dafür danken! Was die Gedichte angeht, Exzellenz ...

GOETHE Nichts mehr davon, Doktor. Weiß keinen, dem ich so gern verzeih wie Ihnen. Muß noch etwas ruhn, mich umziehn, sehn uns um elf.

ECKERMANN Sehr wohl, Exzellenz.

Goethe geht.

OTTILIE Keine Sorge, Doktor, er mag Sie.

ECKERMANN Ich hätte die Gedichte doch gelesen,

wenn Stadelmann sie gestern abend gebracht hätte. Jetzt, kurz bevor ich gehen mußte, bringt er sie.

OTTILIE Der Unmensch. Ach, Sie Ärmster! Zum Glück ist er jetzt endlich aus dem Haus. Freun Sie sich des schönen Bogens! Überall heißt es, daß Sie so ein gewaltiger Bogenschütze sind. Schießen Sie doch mal.

ECKERMANN Auf was.

OTTILIE Auf Augusts Schützenpreis!

Eckermann schießt.

Toll, Doktor. So hab ich Sie überhaupt noch nicht gesehen. Sie könnten einen glatt erschießen.

ECKERMANN Wohl nicht, Frau Kammerrat.

Sie lacht.

OTTILIE Ach Doktor, wenn nur nicht alles so furchtbar wäre.

ECKERMANN Ja, Frau Kammerrat.

OTTILIE Sie haben doch nicht etwa Angst, daß Sie Ihr Geld nicht mehr kriegen? Ich habe jetzt oft das Gefühl, der Tod wolle mich verführen. Aber bevor Sie Ihr Geld nicht haben, geb ich nicht nach. Also, je länger Sie mir Ihr Geld lassen, desto länger leb ich. Einverstanden?

ECKERMANN Ja, Frau Kammerrat.

3

Im Juno-Zimmer in der ersten Etage des Goethe-Hauses haben sich die Künstler versammelt, denen Goethe ›sitzen‹ will. Der Raum wird beherrscht von der übergroßen Juno-Büste, von der er den Namen hat. Eckermann wird wieder von einem Diener hereinbegleitet.

ECKERMANN Ich darf Sie ... meine Damen, meine Herren ... ich darf Sie begrüßen. Seine Exzellenz wird gleich erscheinen. Ein paar Bemerkungen meinerseits, die diese Sitzung fruchtbarer machen können. Zuerst für die, die hier neu sind: Goethe hat, wie jeder Mensch, Empfindlichkeiten. Wenn man die beachtet, wird der Kontakt schöner, ergiebiger. Goethe kann vier Dinge nicht leiden: Brillen, Bärte, Tabakrauch und Hunde. Es wäre ratsam, daß Bart- und Brillenträger so weit nach hinten rückten, daß sie ihm nicht mehr auffallen. Danke. Rauchen muß, glaube ich, unterbleiben. Einen Hund hat zum Glück keiner mitgebracht, und falls jemand eine Frage an ihn stellen will – was er übrigens sehr gern hat –, his hearing is rather hard, also laut, noch lauter. Zur Sache. Wie stellt man Goethe dar? Schön. Nur wer ihn schön darstellt, stellt ihn überhaupt dar. Wie komme ich dazu, Ihnen so etwas vorzuschlagen?

AUGUST *den man schon eine Zeitlang kommen hörte:* ... oh doch, oh doch, wo Künstler sind, bin ich immer willkommen. Mir aus dem Weg! Voilà, mon cher ami Eckermann. Ich werde Ihnen heute keinen Arm brechen. Im Gegenteil. Ich brauch Ihre Stütze. Dr. Eckermann, meine Damen und Herrn, ist kräftiger, als man weiß. Er ist der letzte lebende Bogenschütze außerhalb Amerikas. Doktor, Ihre Hand. Helfen Sie mir doch, Mensch. Sie halten mich für ungebildet, ich weiß. Ich bin in Weimar für Spargel zuständig, nicht für Bildung. Hat hier wer über Spargel gelacht? Sie kennen meine Spargel, Doktor!

ECKERMANN Ja, Herr Kammerrat.

AUGUST Wer über Spargel grinst, kriegt es mit mir zu tun! Mein Vater mag lieber Artischocken. Und Sie?!

ECKERMANN Sowohl als auch.

AUGUST Doktor! Sie sind ein Weltmann geworden. Mein Traum: von hier bis hinaus nach Belvedere ein einziges Spargelfeld. Gerade hatte ich so einen Schmerz hier im Kopf, daß ich dachte, der Schädel ist hin. Jetzt geht's. Aber ich fürchte ... ich fürchte ... was wir alle fürchten. Ich bin Gott näher als mein Vater. Und das ist keine Kunst. Mein Vater zieht Fremdwörter vor. An meinen Kindern wird er mehr Freude haben als an mir. Ich habe ihn geliebt. Verzeihen Sie, daß ich Ihr Revers mit meinen Tränen netze, Doktor. Na, wie hab ich das gesagt. Ich kann weinen. Goethe nicht. Er weint nur, wenn ihm Komplimente gemacht werden. Da heult er richtig los. Nicht bei Todesfällen. Nur bei Lobhudeleien. Mein Haß war Liebe, Doktor. Ich werde niemandem fehlen. Ihr kennt mich alle nicht. August, der Trinker. Der besoffene August. Der wilde Kerl! Rolle, Doktor. Alles Rolle.

ECKERMANN Ja, Herr Kammerrat.

AUGUST Ich hab Ihnen manchmal den Arm verrenkt. Aus Wut. Sie stellten Schiller unter meinen Vater. Wer Schiller klein macht, dem wird der Arm verrenkt. Schiller und Napoleon, das sind Götter. Goethe ist ein … schscht. Ich liebe Goethe, aber er ist ein … schscht. Disziplin. Meine Mutter war eine Heilige. Haben Sie den Priester bestellt, Doktor?

ECKERMANN Nein, Herr Kammerrat.

AUGUST Ohne Priester kein Tod. Zum Glück bin ich immer frömmer geworden. Sagen Sie meinem Vater: Ich habe vierzig Jahre lang ohne ihn geschissen, ich kann auch sterben ohne ihn. Je ne manquerai à personne. Croyez, que sous cet air de folie il se cache un cocur … un cœur plus serieux que … Machen Sie doch die Läden auf, Doktor. Auch wenn's noch heiß ist. Lieber Licht als Dunkel. Gott wird … mit Goethe können Sie nicht über Gott sprechen. Meine Frau wird glücklich sein, wenn ich tot bin. Grüßen Sie Ottilie. Keine Frau war mir fremder. Ein Versprechen, Doktor?

ECKERMANN Ja, Herr Kammerrat.

AUGUST Es gibt Gedichte. In dem Kästchen. Rotes Maroquinleder. Darin Gedichte. Meine. Alle. Sie geben sie heraus.

Nur Sie! Wenn der Vater tot ist. Erst dann, ja?!

ECKERMANN Ja, Herr Kammerrat.

AUGUST Er hält es nicht aus, Gedichte von mir. Die besser sind als seine. Viel besser. Mehr Natur. Nicht soviel Schnörkel. Mein Vater ist Rokoko. Immer gewesen. Ich bin 19. Jahrhundert, Doktor. Praxis und Poesie. Sie geben es heraus. Nach meinem und seinem Tod. Versprochen?

ECKERMANN Versprochen, Herr Kammerrat.

AUGUST Merci bien, mon pauvre honteux. Mein schönstes Gedicht, wollen Sie's hören?

ECKERMANN Ja, Herr Kammerrat.

AUGUST *Heut wollt ich nach Belvedere gehn,*
Wo alle die schönen Blumen stehn,
Mit manchen Freunden wie gestern besprochen;
Sie hatten sich aber alle verkrochen.
Doch da ich auf dem Weg einmal,
So gings über Berg und durch das Thal,
Zuletzt aber, es läßt sich wohl erwarten,
Gings wieder in den untern Garten,
Und Spargel wurde weidlich gestochen:

Der hatte sich nicht wie die Freunde
verkrochen!
Doch wie ich drei Pfund zusammen-
gebracht,
Da kam die Mutter, sie wollt' in ihren
Garten
Und dort die schönen Blumen warten.
Ich bot mich zum Begleiten an –
Darauf gings schnell den Berg hinan.
Und als wir in den Garten kamen,
Die Gießkannen zur Hand wir
nahmen,
Da wurden alle Äsche begossen,
Die lange nichts nasses genossen.
Doch weil es Mittag, so war es heiß
Und bei der Bewegung kam man in
Schweiß;
Wir suchten daher ein Flekchen zu
finden,
Wo man die Sonne hatte von hinten.
Und da man sich nun wieder gesetzt,
So wurde am Klatsche sich weidlich
ergetzt,
Es wurde manches durchgenommen:
z.E. von denen die gehen und
kommen.
Das Regiment Tiefenbach
abmarschirt,
Ein anderes wird dafür einexerciert.

So ging es denn bis wir die Glocken hörten,
Die uns im schönsten Gespräche störten;
Die Mutter brach auf und eilte von dannen …

DIENER Seine Exzellenz, Staatsminister Geheimrat von Goethe.

AUGUST Sehen Sie, er pfuscht schon wieder dazwischen. Was hab ich gesagt! Er hält's nicht aus, daß ich dichte. Also … fort mit mir. Doktor, versprochen ist versprochen. Adieu.

August geht.

GOETHE Guten Tag, meine Damen und Herrn. Doktor, haben Sie gesprochen?

ECKERMANN Nein, Exzellenz.

GOETHE Sprechen Sie ruhig. Es wird Ihnen leichtfallen, jetzt!

ECKERMANN Danke, Exzellenz. Wie stellt man Goethe dar? Schön.

In der Ferne lacht August sehr laut.

4

Eckermann kommt zurück in seine enge Wohnung. Ins Wohnzimmer. Hannchen hat versucht, ein wenig Ordnung zu machen.

ECKERMANN Hannchen, schau!

HANNCHEN Noch ein Bogen.

ECKERMANN Ein Baschkirenbogen. Und zwei Pfeile. Ein Geschenk. Von Goethe.

HANNCHEN Dann nagel's nur an die Wand, das Geschenk. Daß du es anschauen kannst. Daß man es sieht, das Geschenk.

ECKERMANN Weißt du, Hannchen ... einiges weißt du eben nicht. Kannst du nicht wissen. Zum Beispiel, Hannchen, schon im ersten Jahr, als ich hier war, hab ich einmal zu Goethe gesagt, daß ich ihn um nichts bitten werde. Er werde, das sei mein Glaube, hab ich gesagt, für mich tun, was er tun könne. Und er, Hannchen, Goethe: Da haben Sie vollkommen recht, ich denke öfter an Ihr Glück, als Sie wissen können. Seitdem habe ich das Gefühl, daß ich mich auf ihn verlassen kann.

HANNCHEN Und was hat er heute gesagt?

ECKERMANN Heute? Heute, Hannchen, heute ging es ... Hannchen! Begreifst du das nicht?! Ich kann doch nicht selber davon anfangen. Man kann nicht selber für sich sprechen. Das muß der andere tun. Er hat es nicht getan. Heute. Weißt du, wie schwer das ist, immer das sagen müssen, was der andere hören will. Was mich betrifft, muß ich verschweigen. Seit ich hier bin, red ich fremdes Zeug.

HANNCHEN Wieder eine Erklärung. Die neueste Erklärung. Morgen die allerneueste Erklärung. Erklären kannst du alles. Besonders, daß alles wieder nichts ist, das kannst du am besten erklären. Ich hab's begriffen. Leb wohl, Ecker.

ECKERMANN Nicht, Hannchen.

HANNCHEN Wenn's bloß niemand wüßte. Mir wär's schon bald egal. Aber mein Bruder. Die Schwägerin. Alle schauen zu. Nach Amerika, das wär's. Wenn wenigstens Krieg wär, daß man sagen könnte, in so unsicheren Zeiten heiratet man nicht. Mein Vater hat immer gesagt: Wenn du dich bloß nicht noch blamierst, Hannchen. Zum Glück ist er tot. Ja!

ECKERMANN Ich verspreche dir ...

HANNCHEN Nein! Ecker, nicht. Nicht mehr. Du möchtest schon, das weiß ich. Aber Weimar ist stärker. Und in Weimar geht es um Gedichte und um sonst nichts. Hauptsache, die Gedichte sind gut. Dann ist alles gut. Hier kommt es auf die Gedichte an, Ecker. Nicht auf uns. Das ist Weimar. Ich muß weg.

ECKERMANN Nein. Ohne dich, Hannchen, das ist probiert, ohne dich leb ich nicht.

HANNCHEN Ecker, du bist auch dafür, daß es auf nichts ankommt als auf die Gedichte. Sonst gingst du. Du bleibst. Weil ich zu wenig gebildet bin, versteh ich das nicht. Also muß ich weg.

ECKERMANN Und ich?

HANNCHEN Goethe weiß, daß du seit elf Jahren verlobt bist. Weiß er das oder weiß er das nicht?

ECKERMANN Er weiß es.

HANNCHEN Du arbeitest für ihn. Anstatt dich zu bezahlen, lädt er dich zum Essen ein. Willst du mich mitbringen zum Essen?! Also bitte. Darum muß ich gehen. Adieu.

Sie geht. Schlägt die Tür zu.

ECKERMANN Hannchen! Ich renn dir nicht nach. Du stehst vor der Tür. Hannchen, bitte, das sind grausame Spiele ... Hannchen, komm. Wenn der Kammermusikus Klemm heimkommt, du stehst vor meiner Tür, wir können einander doch nicht vor den Leuten anschreien. Hannchen ...!

Es klopft.

Ja, ja. Herein. Ganz schnell.

Stadelmann tritt ein.

STADELMANN Herr Doktor, vielen Dank. Ich sag immer, wenn dir keiner helfen kann, geh zu Doktor Eckermann.

ECKERMANN War da kein ... keine Frau vor der Tür?

STADELMANN Eine rannte die Gasse runter. Die rannte, als ob es hagelte. Ich versteh das. Ja, hagelt es denn nicht?! Und wie immer hagelt es von oben nach unten! Ich habe unter den Oberen keinen Freund außer Ihnen, Herr Doktor. Wenn Sie mir nicht helfen, bin ich verloren. Entlassen, Herr Doktor. Nicht degradiert, strafversetzt, verprügelt: entlassen! Sie haben Goethes Ohr. Ihnen schlägt er nichts ab, das ist bekannt. Wer in der Welt von Goethe was will, wendet sich an Sie. Und Sie sind unter den Großen der Welt der Mensch, Herr Doktor. Darum komm ich zu Ihnen. Knie ich vor Ihnen. Und ich bring auch was mit, daß Sie die Exzellenz leichter überzeugen von Stadelmanns wahrem Wert. Gedichtetes bring ich. Und ein Tagebuch. Die Reise nach Wiesbaden. So genau hat er's selber nicht. Und hier mein Gedichtetes. Vor sechs Jahren, auf der einsamen Fahrt von Marienbad nach Jena, wo ich degradiert war zum Fuhrmann, was dann plötzlich durch Dr. Eckermanns Dazutun wieder kassiert wurde. Darf ich? Stadelmanns Elegie.

Was wär das Leben
Ohn Wünschen und Streben,
Wäre die Welt
Wenn Wünschen ihr fehlt?
Die Wünsche sind Federn
Zu den Rädern des Streben
Das Streben sind Federn
Die Welt zu beleben.

Entläßt man so jemanden, Doktor? Ist die Poesie in Weimar noch das Höchste oder ist sie nichts mehr?

ECKERMANN Stadelmann. Gehen Sie. Ich werde mit Goethe sprechen.

STADELMANN Ich hab es gewußt. Eckermann ist ein Mensch!

ECKERMANN Pschscht. Nicht so laut!
STADELMANN Danke. Ich hab es gewußt.
ECKERMANN Ja. Jetzt aber.
STADELMANN Danke. Danke.
Eckermann bringt ihn zur Tür.
ECKERMANN *Es ist gefährlich, wenn man all zu lang*
Sich klug und mäßig zeigen muß.
Ja, Exzellenz, Sie haben recht. Wie immer.
Und Hannchen auch. Nur ich nicht. Alle, nur
nicht ich. Oh Hannchen. Oh du, Hannchen, du.
Ich sehe mich jetzt ganz mit deinen Augen.
So hast du mich von mir getrennt. Nichts haben
selber, was einen ausmacht, das war immer
mein Befund, dem ich, unüberzeugt, wider-
sprech! Ich sterb wie jeder Wurm für immer.
Trübseligkeit ist eine weiche Last,
die ich jetzt hassen kann wie du, Hannchen.
Ich lerne. Exzellenz, jetzt bin ich, jetzt
will ich, Sie kriegen's jetzt, jetzt, Exzellenz,

kriegen Sie's schriftlich, daß ich
existiere,
und wie. Es wird sich, Exzellenz,
nicht reimen.
Hannchen, die Brille?! Wo hast du
meine Brille
hingetan? Hannchen.

Liebe

I

November 1848. Eckermann ist immer noch in Weimar. Immer noch in der engen Wohnung in der Brauhausgasse. Er hat jetzt nicht nur Singvögel, sondern auch Raubvögel um sich: Falken und Habichte. Und nicht nur Vögel, sondern auch Marder, Maulwürfe, Mäuse. Er lebt mit seinem vierzehnjährigen Sohn Karl zusammen. Hannchen ist nach zweieinhalbjähriger Ehe, im Jahr 1834, bei Karls Geburt gestorben. Eckermann ist jetzt 56 Jahre alt. Er ist von Armut und Krankheit gezeichnet.

ECKERMANN Karlchen, wie du die Vögel kennst, göttlich! Du liebst die Vögel, Karlchen.

KARL Ich glaub schon, Papa.

ECKERMANN Sonst könntest du sie nicht so zeichnen. Die Leute schütteln die Köpfe über meine Vögel. Auf deinen Bildern sieht man, was sie fühlen. Du liebst die Vögel wie ich, Karlchen.

KARL Sie sind ja auch lieb, Papa.

ECKERMANN Und genauso verschlossen. Man muß ahnen können. Du kannst ahnen, Karlchen. Glaub mir, ich bin kein

Lobhudler für Eignes. Ich konnt das Eigne nie schätzen. Aber du bist ein Genie. Du bist eins. Karlchen, darf ich dich trotzdem stören?

KARL Papa! Zeichnen kann jeder.

ECKERMANN Du wirst's ja sehen, was du bist. Die Leute werden es dir schon sagen. Karlchen, mein Magenkrampf hört nicht auf. Und ich sollte einen Brief schreiben.

KARL Natürlich. Bitte, Papa. An wen geht's?

ECKERMANN Marshall.

KARL An den schreib ich am liebsten. Bitte!

ECKERMANN Teurer Freund ... nein ... entschuldige, Karlchen ... Geliebter Freund! Ich bitte um Ihren Rat. Ich bin wieder in der erbärmlichsten Not, indem meine Barschaft sich auf ganze vier Taler beläuft ... Streich *ganze*. Zudem drücken mich verschiedene Rechnungen ... *drücken* streichen ... warten verschiedene Rechnungen auf Bezahlung. Was soll ich anfangen? Streichen. Ich bin dieses Leben ganz überdrüssig. Heißt es: ich bin dieses Lebens überdrüssig oder: ich bin dieses Leben überdrüssig? Streich es. Ich denke an Elkan. Aber ohne Ihre Bürgschaft gibt er nichts. Wie ich ohne 50 Taler in den Januar kommen soll, weiß ich nicht. Aber man soll sich nicht verbürgen. Ich muß Ihnen dringend raten, nicht für mich zu bürgen. Weder bei Elkan noch sonstwo. Bloß keine Bürgschaft für mich, lieber Freund. Denken Sie an unsere Freundschaft. Unsere Freundschaft ist mir wichtiger als 50 Taler. 1848 ist für alle ein schweres Jahr gewesen. Ich bin immer nur so schlecht gestellt wie die meisten. Schon 47 war ein Hungerjahr. Endlich aber ist jetzt der 3. Band meiner *Gespräche mit Goethe* soweit. Fast soweit. Zehn Jahre hat sich's hingezogen mit dem 3. Band. Goethe ging vor. Tag und Nacht saß ich, sein Redakteur. Lieber Freund, die Vierzigbändige hat mich erledigt, erledigt, erledigt. Streichen. 70000 kassieren die Erben, ich 500, mein Freund. Für wieviel Jahre! Und unter 1200 pro Jahr will hier keiner auskommen. Der 3. Band wird alle Schulden tilgen. Am besten englisch, französisch, deutsch zugleich. Wenn ich ihn fertigbringe. Wenn die Vierzigbändige mich nicht völlig erledigt hat. Streichen. Wenn ich 50 Taler auftreibe. Streichen. Wenn ... Streichen. Ich schreibe dies in vollkommenem Überdruß und Verzweiflung ... Moment ... ich diktiere dies meinem Sohn in vollkommenem Überdruß und Verzweiflung ... und *in* Verzweiflung ... *vollkommenem* streichen, *in Überdruß und Verzweiflung* ...

Es klopft.

Streichen. *Überdruß und Verzweiflung* streichen. Alles streichen, Karlchen, streichen.

KARL Papa, es hat geklopft.

Gustchen, Ida und Freiligrath.

GUSTCHEN Mehr Vögel als Bücher, wir sind bei Eckermann!

ECKERMANN Bitte!? Moment. Gustchen! Sie! Mitten in der Saison. Die Wiener werden doch nicht wegen einer Revolution das Theater schließen?

GUSTCHEN Und wenn! Die Konterrevolution macht's wieder auf. In Wien spielt man für Windischgrätz.

ECKERMANN Hauptsache, man spielt!

GUSTCHEN Man gewöhnt sich daran, daß man vor Leuten spielt, die grad vom Exekutieren kommen.

IDA Kennen Sie mich auch noch?

ECKERMANN Ida! Dann ist das Freiligrath. Das ist Freiligrath. Freiligrath ist zurück. Dann war die Revolution nicht ganz umsonst. Ich fürchtete schon, außer nassen Füßen beim Bürgerwehrspiel bringt sie nichts. Weißt du, wo wir exerzierten, Ida?

FREILIGRATH Wieso exerzierten ... habt ihr aufgehört?

ECKERMANN Nachdem uns der Großherzog seine Unterstützung anbot, blieb nichts anderes übrig. Drunten an der Ilm, Ida, vor Goethes Gartenhaus war unser Exerzierplatz.

IDA Ein schönes Fleckchen.

ECKERMANN Das ist Karl, mein Sohn.

GUSTCHEN Wann hat Goethe gestattet, daß Hannchen kommt?

ECKERMANN So kann man es nicht sagen. Wir konnten im November 31 heiraten. April 34 starb sie.

GUSTCHEN Hat Goethe sie einmal sehen wollen? Natürlich nicht. Das hab ich doch gewußt.

ECKERMANN Solche Gäste, und kein Tropfen im Haus!! Mein Gott!

GUSTCHEN Das haben wir geahnt. Hier: Würzburger! Hier: Aßmannshäuser!

ECKERMANN Vierunddreißiger! Karlchen, wenn du drüben weitermachen willst, da stört dich keiner.

KARL Ja, Papa.

ECKERMANN Dank, min Jong.

Karl geht.

GUSTCHEN Der ist aber lieb!

ECKERMANN Ich glaub schon. Würzburger. Aßmannshäuser. Vierunddreißiger. Gustchen. Ida. *Er weint.* Grauenhaft. Man ist immer schneller gerührt. Das nimmt so zu. Verpfuschtes Leben macht weinerlich. Könnte doch sein. Dann läg's nicht an mir persönlich. Gustchen, Ida, Freiligrath! Entschuldigt, daß meine Drosseln, Lerchen, Finken nicht jubilieren. Sie haben schon den Winter im Hals. Und warum kommt ihr hierher? Ich begreife keinen, der nach Weimar kommt. Gut, Gräber, ihr seht nicht aus, als brauchtet ihr Gräber.

FREILIGRATH Wir wollen den Verfasser der *Gespräche mit Goethe* treffen.

ECKERMANN Keine Redensarten, Freiligrath. Ich freue mich auch so.

FREILIGRATH Und Goethes Sekretär!

ECKERMANN War ich nie. Sowenig Shelley der Sekretär Byrons war. Der Sekretär hieß

John. Ida, einmal hast du gefragt, ob Hannchen Gustchens Schwester sei. Gustchen! Soll ich Ihnen zeigen, was ich hier in der Schublade habe?

GUSTCHEN Aber nicht, daß ich auch noch heulen muß, bitte.

ECKERMANN Kennen Sie diesen Handschuh, rosarot und löchrig?!

GUSTCHEN Soll der von mir sein!

IDA Ja! Kann ich bezeugen.

ECKERMANN Sie hat ihn vergessen.

GUSTCHEN Ferdinand, hilf mir, da bildet sich ein Tribunal.

FREILIGRATH Wer nach Weimar kommt, muß damit rechnen, daß ihm was vorgehalten wird.

ECKERMANN Darf ich Ihnen auch was vorhalten?

FREILIGRATH Sie müssen wahrscheinlich.

ECKERMANN Ida, ich hoffe, die Mutter hat dir dann und wann geschrieben, wie ich mit Freiligraths Gedichten lebe!

IDA Die Mutter hat geschrieben, daß Sie der einzige waren, der immer zu ihr gehalten hat, wenn man sie beschimpfte wegen Ferdinand.

ECKERMANN Schockiert hat er uns schon. Zuerst gibt er den Zeitungsdichtern Saures. Goethe hätte das nicht besser sagen können:

Der Dichter steht auf einer höhern Warte
Als auf den Zinnen der Partei.
Sagt's der Nation, und singt sich heiser für die Revolution. Kaum singt er für die Revolution, ist sie da. Es gibt Leute, die können etwas im richtigen Augenblick tun. Das ist Genialität. Entschuldigt, daß ich euch nicht einladen kann, abzulegen. Die Vögel brauchen frische Luft. Ich lebe fast das ganze Jahr mit offenen Fenstern. Das Heizen hat die Menschheit verdorben. Das Feuer. Prometheus WAR ein Verbrecher, Freiligrath.

FREILIGRATH Weil er's für die Herren holte.

ECKERMANN Mein Gott, hab ich unseren Herrschaften den Schock gegönnt: ihr Liebling Freiligrath singt plötzlich für die Republik. Wir sind in die gleiche Schule gegangen, Freiligrath. Nicht daß ich mich mit Ihnen vergleichen dürfte. Das wäre grotesk. Nur die Herkunft. Aber ich kam an einen Hof. Sie in die Emigration. Wahrscheinlich das einzige, was noch schlimmer ist als ein Hof.

FREILIGRATH Ach, wissen Sie, in den Pfützen von Charing Cross sieht ein Dichter sich genauer, als wenn er liest, was über ihn im Brockhaus steht.

ECKERMANN Der Trompeter der Revolution in Weimar! Ida, was! Und vor 10 Jahren wollte ich Sie als neuen Goethe hier haben. Serenissimus waren geneigt, wieder ein literarisches Corps zusammenzuziehen! Immermann, Gutzkow, Geibel ... aber vor allem Freiligrath. Immermann las draußen in Belvedere Ihren *Löwenritt* und *Mirage*. *»In ihrer brand'gen Witwentracht tritt die Sahara vor dich hin.«* Die Herrschaften waren begeistert.

FREILIGRATH Ich war gefährdeter, als ich ahnte.

ECKERMANN Ich muß Ihnen Ihre Poesie vorhalten, Sie junger Mann, Sie. Die Sie verlassen haben. Revolution können alle machen. Aber solche Gedichte!

FREILIGRATH Welche?

GUSTCHEN Ich weiß, was kommt.

ECKERMANN Ja?

GUSTCHEN *O lieb, so lang du lieben kannst!*

ECKERMANN Nein.

GUSTCHEN Dann sicher das:

Mir spannt man kein Gezelt; an meine Wange schmiegt
Sich kein Tscherkessenkind!

FREILIGRATH Das ist von mir?!

ECKERMANN *Vier Roßschweife.* Da waren Sie zweiundzwanzig. Hübsches Gedicht. Aber das mein ich nicht, Gustchen.

GUSTCHEN Moment! In Wien gibt's keinen, mit dem du Gedichteraten spielen kannst. Ich bin ganz aus der Übung. Ich hab's.

ECKERMANN Ja?

GUSTCHEN *Kennt ihr die Leere, kennt den Ekel ihr?*

ECKERMANN Nein. Meins ist nicht über mich, sondern über Poesie.

GUSTCHEN Ach so, das:
Und Poesie dann, wenn in Gummischuhn
Man einen Neger sieht im Tauwerk ruhn …

ECKERMANN Lauwarm. Aber noch nicht heiß.

GUSTCHEN Das war *Der Reiter*, dann bleibt nur noch *Der Alexandriner.*

ECKERMANN Der ist es. Gedichte, die ich selber geschrieben hätte, muß ich lesen, bis ich vergesse, daß sie nicht von mir sind.

GUSTCHEN Nur heraus damit.

ECKERMANN Ich trage ja nie vor, sonst.

IDA Bitte, Herr Doktor.

ECKERMANN Nein, ich spür's jetzt, in Gegenwart des Autors …

FREILIGRATH Jetzt besteh ich drauf.
GUSTCHEN Wir bestehen darauf.
ECKERMANN Ich … fürchte … na ja, mal sehen, nicht wahr.
Der Alexandriner.
Spring an, mein Wüstenroß aus Alexandria!
Mein Wildling? – Solch ein Thier bewältiget kein Schah,
Kein Emir, und was sonst in jenen
Oestlichen Ländern sich in Fürstensätteln wiegt; –
Wo donnert durch den Sand ein solcher Huf? wo fliegt
Ein solcher Schweif? wo solche Mähnen?
Wie es geschrieben steht, so ist dein Wiehern: Ha!
Ausschlagend, das Gebiß verachtend, stehst du da;
Mit deinem losen Stirnhaar buhlet
Der Wind; dein Auge blitzt, und deine Flanke schäumt: –
Das ist der Renner nicht, den Boileau gezäumt,
Und mit Franzosenwitz geschulet!
Der trabt bedächtig durch die Bahn am Leitzaum nur;
Ein Heerstraßgraben ist die leidige Cäsur

Für diesen feinen saubern Alten.
Er weiß, daß eitler Muth ihm weder ziemt noch frommt:
So schnäufelt er, und hebt die Hüflein, springt, und kommt
An's andre Ufer wohlbehalten.
Doch dir, mein flammend Thier, ist sie ein Felsenriß
Des Sinai; – zerbrecht, Springriemen und Gebiß! –
Du jagst hinan, da klafft die Ritze!
Ein Wiehern und ein Sprung! dein Hufhaar blutet, du
Schwebst ob der Kluft; dem Fels entlockt dein Eisenschuh
Des Echo's Donner und des Kiesels Blitze!
Und wieder nun hinab, wühl' auf den heißen Sand!
Vorwärts! laß tummeln dich von meiner sichern Hand,
Ich bringe wieder dich zu Ehren.
Nicht achte du den Schweiß! – sieh, wenn es dämmert, lenk'
Ich langsam seitwärts dich, und streichle dich und tränk
Dich lässig in den großen Meeren.

Wenn heute das gebildete Deutschland abstimmen würde, welches Gedicht seit Goethe das schönste sei: vielleicht das.

GUSTCHEN Immerhin, Eckermann läßt abstimmen.

FREILIGRATH Aber nur das gebildete Deutschland.

GUSTCHEN Jetzt würde ich doch gern dein letztes aufsagen, Ferdinand. Das kann Jahre dauern, bis das nach Weimar kommt.

ECKERMANN Bitte, Gustchen! Wir haben einander schon so lange keine Gedichte mehr aufgesagt.

GUSTCHEN Und solche noch nie. Die Toten der Revolution wenden sich an die Lebenden. Ort der Handlung: Berlin, Sommer 48.

Die Toten an die Lebenden.

Die Kugel mitten in der Brust, die Stirne breit gespalten,
So habt ihr uns auf blut'gem Brett hoch in die Luft gehalten.
Hoch in die Luft mit wildem Schrei, daß unsre Schmerzgebete
Dem, der zu töten uns befahl, ein Fluch auf ewig werde.
Daß er sie sehe Tag und Nacht, im Wachen und im Traume,
Im Oeffnen seines Bibelbuchs wie im Champagnerschaume!
Daß wie ein Brandmal sie sich tief in seine Seele brenne,

Daß nirgendwo und nimmermehr er
vor ihr fliehen könne!
Daß jeder qualverzogne Mund, daß
jede rote Wunde
Ihn schrecke noch, ihn ängste noch in
seiner letzten Stunde!
Daß jedes Schluchzen um uns her dem
Sterbenden noch schalle,
Daß jede tote Faust sich noch nach
seinem Haupte balle.
Mög' er das Haupt nun auf ein Bett,
wie andre Leute pflegen,
Mög' er es auf ein Blutgerüst zum
letzten Atmen legen!
So war's! Die Kugel in der Brust, die
Stirne breit gespalten,
So habt ihr uns auf schwankem Brett
auf zum Altan gehalten.
»Herunter!« – und er kam gewankt –
gewankt an unser Bette;
»Hut ab!« – er zog – er neigte sich!
(so sank zur Marionette,
Der erst ein Kommödiante war!) –
bleich stand er und beklommen!
Das Heer indes verließ die Stadt, die
sterbend wir genommen!
Dann »Jesus meine Zuversicht!« wie
ihr's im Buch könnt lesen,
Ein »Eisen meine Zuversicht!« wär'
paßlicher gewesen!

Das war den Morgen auf die Nacht, in
der man uns erschlagen,
So habt ihr triumphierend uns in unsre
Gruft getragen!
Und wir – wohl war der Schädel uns
zerschossen und zerhauen,
Doch lag des Sieges froher Stolz auf
unsern grimmen Brauen.
Wir dachten: hoch zwar ist der Preis,
doch echt auch ist die Ware,
Und legten uns in Frieden drum
zurecht auf unsrer Bahre.
Weh' euch, wir haben uns getäuscht!
Vier Monden erst vergangen,
Und Alles feig durch euch verscherzt,
was trotzig wir errangen!
Was unser Tod euch zugewandt,
verlottert und verloren.
O, Alles, Alles hörten wir mit leisen
Geisterohren!
Das rüde Toben der Vendée in
stockigen Provinzen;
Der Soldateska Wiederkehr, die
Wiederkehr des Prinzen;
Die Schmach zu Mainz, die Schmach
zu Trier; das Hänseln, das
Entwaffnen
Allüberall der Bürgerwehr, der eben
erst geschaffnen,

Die Tücke, die den Zeughaussturm zu
einem Diebszug machte, –
Die selber uns, die selbst das Grab
noch zu begeifern dachte.
So weit es Barrikaden gab, der Druck
auf Schrift und Rede;
Mit der Versammlung freiem Recht
die täglich frechre Fehde;
Der Kerkerthore dumpf Geknarr im
Norden und im Süden;
Für Jeden, der zum Volke steht, das
alte Kettenschmieden;
Dann der Verrat, hier und am Main
im Taglohn unterhalten –
O Volk, und immer Friede nur in
deines Schurzfells Falten?
Sag' an, birgt es nicht auch den Krieg?
den Krieg herausgeschüttelt,
Den zweiten Krieg, den letzten Krieg
mit Allem, was dich büttelt!
Laß deinen Ruf: »die Republik!« die
Glocken überdröhnen,
Die diesem allerneuesten
Johannesschwindel tönen!
Umsonst! es täte Not, daß ihr uns aus
der Erde grübet,
Und wiederum auf blut'gem Brett
hoch in die Luft erhübet!
Nicht, jenem abgetanen Mann, wie
damals, uns zu zeigen –

Nein, zu den Zelten, auf den Markt,
in's Land mit uns zu steigen!
Hinaus in's Land, soweit es reicht!
Und dann die Insurgenten
Auf ihren Bahren hingestellt in beiden
Parlamenten!
O ernste Schau! Da lägen wir, im
Haupthaar Erd' und Gräser,
Das Antlitz fleckig, halbverwest – die
rechten Reichsverweser!
Da lägen wir und sagten aus: Eh' wir
verfaulen konnten,
Ist eure Freiheit schon verfault, ihr
trefflichen Archonten.
Schon fiel das Korn, das keimend
stand, als wir im Märze starben:
Der Freiheit Märzsaat ward gemäht
noch vor den andern Garben.
Ein Mohn im Felde hier und dort
entging der Sense Hieben –
O, wär' der Grimm, der rote Grimm,
im Lande so geblieben!
Er blieb euch! ja, und er erwacht! er
wird und muß erwachen,
Die halbe Revolution zur ganzen wird
er machen!
Er wartet nur des Augenblicks: dann
springt er auf allmächtig
Gehobnen Armes, weh'nden Haars
dasteht er wild und prächtig!

Die rost'ge Büchse legt er an, mit
Fensterblei geladen:
Die rote Fahne läßt er wehn hoch auf
den Barrikaden!
Sie fliegt voran der Bürgerwehr, sie
fliegt voran dem Heere –
Die Throne gehn in Flammen auf, die
Fürsten fliehn zum Meere.
Die Adler fliehn; die Löwen fliehn;
die Klauen und die Zähne,
Und seine Zukunft bildet selbst das
Volk, das souveräne!
O, steht gerüstet! seid bereit!
o, schaffet, daß die Erde,
Darin wir liegen strack und starr, ganz
eine freie werde!
Daß fürder der Gedanke nicht uns
stören kann im Schlafen:
Sie waren frei: doch wieder jetzt – und
ewig! – sind sie Sklaven!

FREILIGRATH Kein Kommentar, Eckermann. Es geht jetzt nicht um Poesie. In Düsseldorf wurde ich für dieses Gedicht des Hochverrats angeklagt – und freigesprochen. Vor acht Tagen. Soweit sind wir, Eckermann. Karl Marx hat mich vor dem Gerichtsgebäude aufgefordert, an der NRZ mitzuarbeiten. Marx kennen Sie?

ECKERMANN Lyriker?

FREILIGRATH Er ist der Chef der Neuen Rheinischen Zeitung. Deswegen sind wir da. Ein Interview mit dem Verfasser der *Gespräche mit Goethe*. Mein Vorschlag. Marx war skeptisch. Weimar, das ist für ihn Tempelghetto, Mandarine und Andenkenschwindel. Bitte, ihm das nicht übelzunehmen. Er kommt aus der französischen Emigration. Hat dort den Kommunismus erlernt. Schätzt alles nach dem, was es bringt. Für die Revolution. Die ist ja nicht fertig. Aber angefangen hat sie. Endlich. Ida und ich und die Kinder waren schon auf dem Steamer *Niagara* gebucht, wir wollten hinüber. Ins bessere Deutschland, wo die Flüsse Delaware und Susquehanna heißen und sich aus den Wäldern schieben, als seien Seen unterwegs. Ich hatte es satt in London, am Pult von neun bis fünf für Mr. Oxford Wechsel diskontieren, abends Heimweh-Lyrik nach dem Deutschland, dem nicht zu helfen ist. Wer sich eine Gemeinheit nicht gefallen läßt, bloß weil der Vater sie sich auch gefallen ließ, ist drüben. Die Stolzen, die Freien. Und Täler,

Eckermann, dampfend vor Unbetretenheit. Da kommt die Nachricht: Revolution in Paris. In Wien. Revolution in Berlin. Aus der Traum von den weißen Holzhäusern am hellen Ufer der Demokratie. Viereckig finstere Pflicht. Obwohl ich nur ein nichtsnutziger Dichter bin. Ich mußte umbuchen. Meine Nichtsnutzigkeit anbieten dem schnaufenden Vaterland. Es ist wahnsinnig, Eckermann, was hier jetzt jeden Tag entschieden wird. Gustchen hat es miterlebt in Wien. Bis zur Hinrichtung von Robert Blum. Die Frankfurter Nationalversammlung schickt ihren Abgeordneten Blum nach Wien, der von Windischgrätz richtet ihn hin. Seit dem ersten November pfeift der Wind in Wien wieder schwarzgelb. Und Marx grinst. In Wien und Berlin herummordende Windischgrätze und Wrangel beweisen ihm, was er bewiesen haben will: daß die Bourgeoisie zur Reaktion gehört. Der Bürger hat sich, sagt er, aus Angst vor dem Proletarier der Konterrevolution angedient. Das findet er richtig, logisch, so muß es sein: der Feind des Bürgers sei nicht der Feudale, sondern der Proletarier. Da schwindelt es mir immer. Sogar noch die Kleinbürger, uns alle, wirft er weg. Überspringt er. Wir fallen aus. Nur das Proletariat ist berufen. So schämt er sich, der Bürgersohn, vor den Armen, daß er sich nur noch auslöschen will. Dazu hat er einen Geschichtsautomaten erdacht. Der macht so lange dialektische Bewegungen, bis jede höhere Herrschaft zerrieben ist, und heraus springt die Diktatur des Proletariats, dann die klassenlose Gesellschaft, abgestreift wird die politische Hülle, der Staat verdampft, aus ungeheuren Trümmern blüht, so schön wie noch nichts war, sein Paradies: der Kommunismus. Dieser Geschichtsautomat hat nur eins im Sinn: Rücksichtslosigkeit. Marx vergötzt den Zwang. Geschichte funktioniert wie Mathematik. La revolution marche! ruft Marx. Les choses marcheront! Der kolossalste Ausbruch des Revolutionskraters steht unmittelbar bevor, ruft er! Da kannst du bloß noch nicken, nicken, nicken. Die beste Gerechtigkeitsrechnung so far. Aber es ist Mathematik!

Derselbe Effekt. Man glaubt, wunder wie wahr, und es ist doch reine Kunst. Welten weg vom Organischen. Warum, bitte, soll der bürgerliche Staat ausfallen? Nur noch neun Tage heute, New York – Liverpool. Die Produkte des Mississippi werden hier bald billiger sein als unsere eigenen. Warum soll der Kleinbürger im kommunistischen Universum verzischen, bevor er die Hände, die er ewig nur faltete, ein einziges Mal ballt?! Und das Schlimmste: je kälter der Marx-Automat die Rache des Proletariers vorexerziert, desto ängstlicher werden Kleinbürger und Bürger! Das heißt, Marx jagt sie förmlich der Reaktion zu, denn in seiner eisigen Parabel haben sie keine Stelle als den Untergang.

ECKERMANN Und Sie sind sein Mitarbeiter?

FREILIGRATH Ja.

ECKERMANN Sie machen für ihn Revolutionsgedichte?

FREILIGRATH Ich sträube mich gegen ihn und, mich sträubend, füg ich mich. Ich wollte nie mehr sagen, als ich gesagt habe mit *Deutschland ist Hamlet!* Daß die ermordete Freiheit umgeht. Und die

Mörder sind Feudale und wer mit ihnen paktiert. Goethe hat vorgemacht, wie man Revolutionen verachtet. Noch in hundert Jahren kann sich jeder Reaktionär an seinen Zitaten bedienen. Und das werden sie, ich schwör's. Bitte, soll einer so leben und schreiben! Aber mich schreckt das ab. Das richtige Leben, darum geht es noch immer. Er zeigt das falsche. Wir sind in die gleiche Schule gegangen, Eckermann. Der Bürger Marx reagiert auf das Elend der Elenden mit Selbstauslöschungswut. Wir nicht. Aber wir zaudern. Wir mögen nicht nach Herrschaft greifen. Wir leiden lieber und fühlen uns dem überlegen, der uns leiden macht. Daß wir unserer Misere diese edlen Bäckchen schminken, das muß ein Ende haben, Eckermann.

ECKERMANN Welchem Elend, Freiligrath?

FREILIGRATH Sind wir nicht in die gleiche Schule gegangen?! Als ich fünfzehn war – ich hatte mich gerade in Achill verliebt – aus, kein Geld mehr, ab in Schwollmanns Laden, zehn Stunden täglich Salz und Schmalz auswiegen ...

ECKERMANN Moment. Und Kolonialwaren!

FREILIGRATH Oh ja, Kolonialwaren auch.

ECKERMANN Und von Tee, Kaffee, Zucker, Zimt stiegen Gerüche auf, die abends zu Gedichten wurden. Die Levante, die Wüste, das Meer, alles mußte gedichtet werden, weil es fehlte. Die Freiheit auch. Das war doch alles gut, Freiligrath. Ich war vierundzwanzig, als ich Latein kriegte. Vierzig Stunden durch den Winter von Winsen an der Luhe nach Hannover an der Leine. Für Latein. Immer um fünf auf, lernen bis acht, Schule bis zehn, sofort ins Büro der Militär-Bekleidungs-Commission, Arbeit bis eins, zum Essen, wieder in die Schule bis vier, dann bis sieben ins Büro, dann gelernt bis in die Nacht. Vorher als Freiwilliger gegen Marschall Davoust nach Flandern und Brabant. Davor mit dem Vater auf Hausierertour. Die Dörfer konnte ich nur an den Vogelnestern unterscheiden. Davor Eicheln sammeln, kübelweise, für Winsener, die Gänse hatten, und der Mutter das Holz holen in weit entfernten Wäldern, und von abgeernteten Feldern die liegengebliebenen Ähren.

FREILIGRATH Eben, Eckermann, eben.

ECKERMANN Sobald die Frühjahrsüberschwemmung der Elbe verlaufen war, sammelte ich das angespülte Schilf als Streu für unsere Kuh. Wir hatten eine Kuh, Freiligrath. Und meine Mutter war eine geschickte Wollspinnerin und eine überdurchschnittliche Mützennäherin für bürgerliche Damen …

FREILIGRATH Sie sind ein Proletarier, Eckermann! Marx wird begeistert sein.

ECKERMANN Ich hatte immer das Gefühl, als stehe ich unter der Leitung eines gütigen Wesens. Es ging doch immer noch alles gut, Freiligrath. Der Adel ist das einzige Übel, das ich kennenlernte. Wär ich nie in die Nähe eines Hofs geraten, mein Leben wäre anders verlaufen.

FREILIGRATH Goethe.

ECKERMANN Ja. Goethe …

GUSTCHEN Heraus damit, Eckermann! Press'freiheit! Wir dürfen sagen, wo es uns wehtut. Wir müssen. Wie geht's Ihrem Magen?

ECKERMANN Er führt sich auf, als gäb es nichts als ihn. Man gewöhnt sich dran.

GUSTCHEN Erzählen Sie uns von Goethe, es wird Ihnen guttun.

ECKERMANN Neulich träumte ich, man habe mir erlaubt, meine 300 Taler Pension daheim in Winsen zu verzehren, da hab ich doch tatsächlich vor Freude geweint, im Traum, und wachte auf mit nassem Gesicht.

FREILIGRATH 300 Taler! Ida, dagegen waren die 200 Pfund von Mr. Oxford fürstlich.

IDA Die ersten zehn Jahre kriegte er so gut wie nichts. Lebte vom Stundengeben. Jeden Tag zwei Stunden bei uns fürs Essen. Beim ersten Cholerafall zwischen hier und Berlin reisten die Engländer ab. Dann saß er da.

ECKERMANN Aber dann kam Ida zu mir her und zog mir so lang an jedem Finger, bis es knackste. Und jedesmal wenn es knackste, lachte sie laut heraus. Dann starb dein Vater, Nervenfieber, die Engländer auf und davon, da saß ich wirklich da, keinen Pfennig, und mußte im Gasthaus essen; mit Goethe konnte man nicht über Geld sprechen, das ist klar. Euer Haus wurde versteigert, die schönen neuen Möbel ... schau, das Schränkchen da, deine Mutter und ich schafften es nachts aus dem Haus. Du kannst es jederzeit holen.

IDA Wenn wir nicht wieder emigrieren müssen.

FREILIGRATH Wenn die Reaktion diesmal siegt, zerquetscht sie uns. Siehe Wien. Aber diesmal siegt sie nicht. Marx kichert nur über Frankfurt. Aber das ist doch ein Anfang! Das gab es doch noch nie. Was für Männer! Das ist doch Bürgerschaft! Nation! Wenn wir sorgen, daß sie sich nicht der Reaktion hinwirft. Das entscheidet jeder. Durch das, was er tut oder nicht tut. Was mit Goethe jetzt bewirkt wird, verantworten Sie, Eckermann. Sie sind der Kronzeuge. Der Goethe-Kult, den der reaktionäre Teil des Bürgertums betreibt, ist Politik, Eckermann. Klassiknarkose! Das Mittelalter mit Dampfmaschine betreiben, das ist das Ziel. Goethe, das Symbol. Wenn das gelingt, Mittelalter mit Dampfmaschine, Eckermann, dann richtet dieses Deutschland eine Katastrophe an wie noch nie.

ECKERMANN Ich habe jetzt, nach zehn Jahren, endlich den dritten Band der *Gespräche mit Goethe* fertig.

FREILIGRATH Dann schicken wir gleich die Kehrseite der Medaille nach: Gespräche mit Eckermann.

ECKERMANN Nicht so schnell, Freiligrath.

FREILIGRATH Eckermann, ich kenn diese Angst vor der ersten Bewegung. Sie dürfen sich jetzt rühren. Idas Mutter hat uns doch erzählt, wie Sie dieses Jahr am 28. August mit dem Stock auf die Tafel los sind, auf die Ihr Hauswirt geschrieben hatte:

Hier wohnt der biedre Eckermann
Den Goethe gern und oft empfahn

ECKERMANN Weil ich's nicht mehr hören kann.

FREILIGRATH Darum sind wir hier. Kennen Sie Börne?

ECKERMANN Den Goethe-Feind?

FREILIGRATH Der Hamburger Verleger Campe nennt ihn den Vater des deutschen Liberalismus. Börne sagt: Goethe war ein Stabilitätsnarr, und die Bequemlichkeit war seine Religion. Börne sagt: Es gelang ihm, sein Volk aufzuhalten, da er lebte und noch nach seinem Tod; denn über seine Leiche muß es schreiten, will es zu seinem Ruhm und seinem Glück kommen. Börne zitiert den Goethe-Satz: »Es liegt nun einmal in meiner Natur, ich will lieber eine Ungerechtigkeit begehen, als eine Unordnung ertragen.« Das war Goethe. Das ist die Reaktion.

Börne sagt: Goethe hat immer nur der Selbstsucht, der Lieblosigkeit geschmeichelt; darum lieben ihn die Lieblosen. Er hat die gebildeten Leute gelehrt, wie man gebildet sein kann, freisinnig, human, und doch ein Selbstling! Wie man alle Laster haben kann, ohne sich dafür genieren zu müssen. Börne sagt: Goethe ist der Dichter der Glücklichen. Eckermann! Wenden Sie auf ihn an, was er seinem Prometheus in den Mund legt:

Ich dich ehren? wofür?
Hast du die Schmerzen gelindert
Je des Beladenen!
Hast du die Tränen gestillet
Je des Geängsteten!

Nein! Seine Antwort: »Es liegt nun einmal in meiner Natur, ich will lieber eine Ungerechtigkeit begehen, als eine Unordnung ertragen.« Und die größte Unordnung ist die, die durch die größte Ungerechtigkeit entsteht: die Revolution! Nichts war dem Stabilitätsnarren so verhaßt wie die Revolution. Jetzt ist Revolution. Goethes Zeit ist damit zu Ende. Als Goethe starb, schrieb Börne: Sein Sterbetag wird der Geburtstag der Freiheit wer-

den. Das war vor sechzehn Jahren! Es ist Zeit, daß Sie Ihrem edlen Goethebild ein reales nachliefern. Die Kehrseite der Goethe-Medaille, an der Sie mitgearbeitet haben, Eckermann.
Einfach daß die Nation in diesem prekären Moment sieht: der große Dichter ist kein Vorbild für das richtige Leben und Handeln. Er gehört nicht in die Schule, sondern in den Salon. Sie wissen, daß es so ist. Neun Jahre täglichen Umgangs. Sie kennen seine Unvorbildlichkeit. Diese unbeeindruckbare Alleswisserei. Newton stürzen, aber von Interferenz und Polarisation keinen Dunst. Lassen wir die Naturwissenschaft. Da durfte er Dilettant sein. Aber durfte er die moralische Welt genauso leugnen wie Interferenz und Polarisation? Und macht er sich, wenn er die moralische Welt leugnet, auch nur lächerlich? Wieviel Strophen ließ er Sie denn dichten auf den Bayernkönig? Während Sie in seinem Auftrag Schmeichelverse basteln mußten, eröffnete man unserem Kollegen Wiedemann in München, seine fünfjährige Zuchthausstrafe zähle erst von dem Tag an,

wo er vor dem Bild dieses Königs niedergekniet sei. Unser Kollege Büchner nannte diesen König dafür das Schwein, das sich in allen Lasterpfützen in Italien wälzt. Von diesem Schwein ließ Goethe sich am 80. Geburtstag Großkreuz und Stern an die Frackbrust heften. Für dieses Schwein ließ er sich malen, in der Hand einen Brief dieses Schweins. Und sagen Sie nicht, er hat nicht gewußt, was er tat, er, der Allesbesserwisser. Und was hat er geantwortet, als er spürte, daß dies ein Jahrhundert wird, in dem man gefragt werden kann, auf welcher Seite man stehe? Die Leute wollen, daß ich Partei ergreife, hat er gesagt, nun gut, ich steh auf meiner Seite! Ich habe Angst, Eckermann. Wenn das Bürgertum seine Epoche mit diesem Selbstling einläutet, dann, in der Tat, hat Marx recht. Davon muß ich einen Eckermann nicht überzeugen, das weiß ich. Wir fangen jetzt einfach an. Ich frage, Gustchen und Ida notieren Frage und Antwort. Ich beginne mit einem Festtag. Anno 25, der Großherzog feierte sein fünfzigjähriges Jubiläum, Goethe gibt Ihnen, Herr Dr.

Eckermann, den Auftrag, über alles, was bei diesem Fest geboten wurde, ein Buch zu schreiben. Sie schrieben. Zwei Bände. Nur über dieses Jubiläum. Wie stehen Sie heute zu diesem Buch? Zu diesem Auftrag? Zu Ihrem Auftraggeber?

ECKERMANN Jetzt fangen Sie doch nicht gleich mit dem Schlimmsten an.

FREILIGRATH Bitte, bestimmen Sie, womit wir anfangen.

ECKERMANN Ich sehe, was Sie brauchen, Freiligrath. Ich kann nur geben, was ich habe. Einen Traum, zum Beispiel. Was meinen Sie?

FREILIGRATH Ja, gut! Träume, das ist die Sache unverfälscht. Bitte.

ECKERMANN Als ich aus diesem Traum erwachte, war es mir, als hätte ich die ganze Nacht gebraucht, um diesen Traum zu träumen. Also:

Ich war bei ihm im hintern Zimmer, wo er
am Bett den Lehnstuhl hat, in dem er oft
die Nacht verbrachte. Er zeigt mir, wie mager
die Polsterung sei, aber er lobt die Härte,

die sei dem Denken günstiger als alles
Weiche. Er setzt sich, ich knie nieder
und
umfasse seine Beine, drücke sie
an mich, aber sosehr ich drücke, ich
spüre nichts von den Beinen.
Unterhosen
spür ich. Er muß, sagt er zu mir herab,
immer noch dickere Unterhosen
tragen,
weil er sonst einfach nicht mehr warm
wird. So alt
sei er. Ich sage, daß ich ihn jung finde.
So braun gebrannt, so freudig, so
schön.
Er sei schön, sage ich und seh,
daß er's
gern hört. Jetzt stand er auf und holte
mir
aus einer Kammer eine ganze
Handvoll
Birnen, die er mir schälte, aber bloß
am Stiel, rund um den Stiel herum. Ich
sollte
all diese Birnen aufessen. Ich sagte,
zwei möcht ich meinem Hannchen in
Hannover
bringen, ich käm zwar erst an Ostern
wieder

hin, aber sie würden sich sicher so
lang
halten. Jetzt brachte er die Enkel her,
sie waren hübsch und dick, mit hellen
Locken.
Ich rezitierte ihm gleich sein Gedicht:
daß
dem Vater in dem Sohne tüchtig
schöne
Knaben bringst. Er meint *stillst* müßte
es heißen.
Ich lach ihn aus, weil er sein
eigenes Gedicht nicht besser kenne.
Bringst,
heißt es,
ruf ich, und er gibt mir jetzt recht und
streichelt
mir über die Haare, sagt, wie schön
geschnitten, wunderschön! Dann
weint er auf,
ganz plötzlich, laut: Die Poesie, die
jetzige,
ihn gräme so der Hang zum
Negativen,
die jüngeren Poeten seien ganz
besessen von der Negation, sie
lauerten
darauf, beim Nächsten nur was
Schlimmes zu

entdecken. Ach, rief er, mir will das
kranke
Zeug nicht munden, Autoren sollten
erst
gesunden. Aber, Eckermann, Sie sind
der Fels, Sie sind gesund, ich bau auf
Sie.
Ich fragte ihn: Was halten Sie von mir?
Und er: daß ich von ihm die Ruhe und
von
Byron die Kühnheit habe, jetzt müss
ich mich
nur tüchtig umtun nach dem, was man
Con-
venienz nenne, worin Voltaire so groß
gewesen sei. Ja, Ihr Talent ist kein
bißchen kleiner als das meine,
sagt er.
Pscht, sag ich, wenn das jemand hört,
und zwicke
ihn in die Wange und frage ihn, wie
ich's anfangen müsse, ihm völlig
gleich
zu werden. Er: mir das zu sagen, sei
gefährlich. Kommen Sie, rief er und
zog mich
zur Tür hinaus und zeigte mir den
Groß-
herzog mit vielen anderen im Park.

Er aber blieb bei mir, wie sie auch winkten
und ihm bedeuteten, mich zu verlassen.
Er drückte mich an sich und flüsterte:
Wir beide essen jetzt zusammen eine
Artischocke. Dann gingen wir ins Innere.
Das war, als gingen wir ins reine Gold.

FREILIGRATH Börne sagte: Fliehe die Gunst der Großen! Sie geben dir wenig und nehmen dir Alles!

ECKERMANN Klingt bedeutend, aber noch nicht genügend penetriert.

FREILIGRATH Würde Goethe sagen.

ECKERMANN Würde ich sagen.

FREILIGRATH Wenn Sie Goethe wären.

ECKERMANN Wenn ich Eckermann wäre. Der ich nicht geworden bin. Egal. Ich soll Ihnen seine Unvorbildlichkeit bezeugen. Tut mir leid: daß er so unvorbildlich ist, das ist das Vorbildliche an ihm.

FREILIGRATH Dann sind alle gleich vorbildlich.

ECKERMANN Ja.

FREILIGRATH Dann sind alle gleich.

ECKERMANN Ja.

FREILIGRATH So, jetzt hab ich Sie: Ihr Goethe wollte doch immer Aristokrat sein.

ECKERMANN Eben, das wollen doch alle.

GUSTCHEN Ferdinand, du sprichst mit einem Verliebten.

FREILIGRATH Ja, ich merk's. Ich fürchte, Sie lieben ihn, Eckermann.

ECKERMANN Das fürcht ich auch.

FREILIGRATH Lieber Freund, dann sind Sie verloren.

ECKERMANN Für Sie.

FREILIGRATH Ich sehe nicht, wie ich Ihnen helfen könnte.

IDA Was haben denn die Vögel auf einmal?

ECKERMANN Vielleicht wollen sie mir helfen.

FREILIGRATH Ich mag Sie nämlich.

ECKERMANN Ich Sie auch.

FREILIGRATH Marx würde Sie jetzt hassen.

ECKERMANN Bitte.

FREILIGRATH Eckermann, ich beneide Sie.

ECKERMANN Ich Sic auch.

2

In einer der Nächte nach dem Besuch Gustchens und Freiligraths träumt Eckermann wieder einmal von Goethe. Sein Traum führt ihn in eine ideale Flußlandschaft. Man sieht im ersten Morgenlicht eine Fähranlegestelle. Goethe kommt von der Anlegestelle, auch August und Hannchen. Auch andere, die sich nach allen Richtungen verlieren. Goethe, August und Hannchen kommen auf Eckermanns Bett zu. Eckermann steht auf, sieht nur Goethe, trägt ihm ein Gedicht vor, das er 1829 geschrieben hat.

ECKERMANN *Nun nach Tagen trüb verworrner Schmerzen*
Sey dem Leben höh'rer Trost erkoren:
Ewig bleibt Er meinem Geist und Herzen,

HANNCHEN *widersprechend:*
Ewig bleibt Sie meinem Geist und Herzen

ECKERMANN *Und so hab' ich Ihn auch nicht verloren.*

HANNCHEN Und so hab ich Sie auch nicht verloren.

ECKERMANN *Ganz wie sonst will ich Ihn täglich fragen*

Was ich unterlasse, was ich handle,
Und es wird Sein geist'ger Wink mir sagen
Ob ich treu in Seinem Sinne wandle.

HANNCHEN Ganz wie sonst will ich Sie täglich fragen
Was ich unterlasse, was ich handle,
Und es wird Ihr Geist'ger Wink mir sagen
Ob ich treu in Ihrem Sinne wandle.

ECKERMANN *Dann in Nächten wird Er mir erscheinen*
Hold Sein Bild in meinen Traum zu weben,
Und in süßer Täuschung werd' ich meinen
Daß auf's neu Er mir zurückgegeben.

HANNCHEN Dann in Nächten wird Sie mir erscheinen
Hold Ihr Bild in meinen Traum zu weben
Und in süßer Täuschung werd' ich meinen
Daß auf's neu Sie mir zurückgegeben.

ECKERMANN *Doch am Morgen werd' ich Ihn vermissen! –*
Suchen werd' ich Ihn in Haus und Garten! –
Aber mich besinnend werd' ich wissen

Wo ich Sein Erscheinen zu erwarten:

HANNCHEN *nach den ersten zwei Zeilen so laut, daß man die letzten zwei Zeilen Ekkermanns nicht mehr versteht:*
Falsch! Einfach falsch!
Doch am Morgen werd ich Sie vermissen!
Suchen werd' ich Sie in Haus und Garten!
August sorgt immer dafür, daß Hannchen nicht zwischen Goethe und Ekkermann kommt.

ECKERMANN Exzellenz, wie gefällt Ihnen mein Gedicht
Dem Andenken des Unvergeßlichen?

HANNCHEN Dem Andenken der Unvergeßlichen. Ecker, du hast es mir gewidmet! Deinem Hannchen!

ECKERMANN *der Hannchen nicht bemerken kann:* Verzeihung, Exzellenz, jetzt habe ich nicht verstanden, was Sie sagten.

GOETHE Bester, lieber Doktor, ich sagte, Ihre *Gespräche mit Goethe* seien gelungen. Ich komme darin besser weg als in meinen eigenen Schriften. Bravo! August meint, das liege an der südlichen Beleuchtung.

ECKERMANN An der südlichen Beleuchtung?! Exzellenz, Sie sind doch nicht tot, oder? Alle behaupten, Sie seien gestorben, Propaganda, sag ich, keiner glaubt mir, jeder sagt: Goethe ist tot! Exzellenz, stimmt denn das? Es ist dringend nötig, daß Sie dazu Stellung nehmen. Ich sage: Goethe lebt. Mir glaubt man nicht. Ich sei Partei.

GOETHE Gerüchte, Doktor. Tot, Doktor, ich?! Würde das zu mir passen, gestorben zu sein?

ECKERMANN Ganz und gar nicht.

GOETHE Na also.

ECKERMANN Ich wußte es doch. Oh wie schön, wie schön, daß Sie leben. Ich habe auf Sie gebaut, Exzellenz!

GOETHE Wollen Sie mich belangen, lieber Doktor?

ECKERMANN Und wie! Ich habe auf Sie gebaut, Exzellenz.

GOETHE Ein bißchen spekuliert, lieber Doktor.

ECKERMANN Gebaut!

GOETHE Investiert!

ECKERMANN Vertraut!

GOETHE Na ja. Ein schmeichlerisches Büchelchen eingereicht, sich eine Stelle als Mitarbeiter am größten Literaturwerk der Epoche erschmeichelt. Zwar nichts verdient, aber ein Ansehen ergattert, das mit eigener Schreibe nie und nimmer zu ergattern war. Und ein Leben lang die köstliche Ausrede: weil man für Goethe rackern muß, kommt man nicht dazu, die eigenen Gedichte zu schreiben. Die schlechten. Denn daß die schlecht sein mußten, dafür gibt's Proben. Aber als verhinderter Dichter ist man kein schlechter Dichter, sondern ein … na …?! ein …??

ECKERMANN Märtyrer!

GOETHE Richtig. Sogar politisch kommt man in Betracht! Ein Goethe-Opfer! Opfer des Fürstenknechts! Nicht nur den Fortschritt hat er verhindert, dieser Goethe, sondern auch noch Eckermann. Der allerdings nicht gerade ein Fortschritt gewesen wäre, ha, ha, ha.

August lacht mit.

ECKERMANN Wie man zugeben muß.

GOETHE Wie man zugeben kann, Doktor. Schuld sind ja doch die anderen. Bitte, wer hat denn in diesem Eckermann den Wunsch gezündet, ein großer Dichter zu werden?

ECKERMANN Goethe.

GOETHE Wer hat ihm vorgemacht, wie schön es ist, ein großer Dichter zu sein?

ECKERMANN Goethe.

GOETHE Wer hat ihm demonstriert, daß er nicht die geringste Aussicht hat, ein Goethe zu sein?

ECKERMANN Goethe.

GOETHE Was also bleibt Eckermann!

ECKERMANN Haß. Exzellenz. Haß. Nachts. Wenn ich nicht schlafen kann. Da ist es mir vollkommen klar, daß ich Sie hassen muß. Und hassen kann. Das vor allem: ich kann Sie hassen. Es liegt sozusagen auf der Hand. Nichts ist so klar wie das: Sie sind hassenswert. Alles was Sie von mir unterscheidet, macht Sie hassenswert. Und Sie unterscheidet viel von mir.

GOETHE Weiß Gott.

ECKERMANN Aber am Tag dann, am Tag, das ist das Schreckliche, am Tag, ich erinnere mich an die Nacht, wie ich lag, wie ich haßte, wie es mir guttat, Sie hassen zu können, es fügte mich förmlich zusammen, ich spürte mich so deutlich wie noch nie, aber jetzt, am Tag, obwohl ich noch ganz genau weiß, daß Sie nachts nichts als hassenswert waren, jetzt bring ich den Haß nicht mehr zusammen, ich schaff ihn nicht mehr. Es ist furchtbar. Dann sehne ich mich danach, Sie wieder so hassen zu können wie in der Nacht ... und es gelingt nicht. Nicht ums Verrecken, sozusagen.

GOETHE Bei Tageslicht lieben Sie mich, lieber Doktor. D'accord. Jetzt sind wir genau 25 Jahre bei Goethen, nicht wahr. Das Haus Goethe vergibt keine Orden, aber die Hand, die ich Ihnen hiermit auf die Schulter lege, ist ... na ... lieber Doktor, was für 'ne Hand ist das denn?

ECKERMANN Goethes Hand, Exzellenz.

GOETHE Gratuliere.

AUGUST Ich auch.

ECKERMANN *flieht:*
Nein!

August verfolgt ihn.

GOETHE August! Sofort hierher! August, Platz!

ECKERMANN Er bricht mir den Arm, Exzellenz.

AUGUST Er wollte schon wieder weglaufen, Papa. Immer will er weglaufen, nach Winsen oder so. Da hast du ihn. Halt ihn ja fest!

GOETHE Gratuliere, lieber Doktor. Haben sich brav gehalten. Fleiß: phänomenal. Eifer: erstaunlich. Loyalität: unbezahlbar. Mehr sage ich nicht. Die Versorgung kommt auch noch, lieber, bester Doktor. Auf einmal heißen wir *von Eckermann*. Na ja, mal sehen, nicht wahr! Immer noch verlobt? Nach unten heiraten, Doktor, glauben Sie mir. Nur nach unten. Ich weiß, wovon ich rede. Von da, wo ich herkomme, kann man nicht mehr nach unten heiraten, das wollen Sie doch sagen, falsch. Lassen Sie die Verlobte nur recht warten, schon steht sie unter Ihnen. Der Mann geniert sich zu sehr. Bei allem. Nach unten geniert er sich weniger. Schon ist er ihr gewachsen. Jetzt kann's losgehen. Na ja, mal sehen, nicht wahr. Es könnte sein, ich mag Sie. Und sofort glänzt der Strom im Schein der Morgenröte, der Mond wird grausam bleich. Ich muß mit August hinüber, bevor es heiß wird. Hitze, lieber Doktor, bekommt uns nicht. Na ja. Mal sehen. Nicht wahr!

ECKERMANN Exzellenz ... nicht ... nicht über den Fluß ... was fällt Ihnen ein ... hiergeblieben ... hören Sie ... hiergeblieben, sag ich!

Goethe schlüpft in ein bereitstehendes Flügelpaar und hebt ab. Eckermanns Vögel brechen in Angstgeschrei aus.

Goethe bleibt flügelschlagend an der Stelle des größten Glanzes über dem Fluß.

HANNCHEN Du bist uninteressant für ihn, Ecker. Ich habe mich für dich interessiert, Ecker. Und niemand, niemand sonst.

Hannchen ist immer hinter Eckermann. Er kann sie nie sehen. Die Leute, die am Anfang der Szene von der Fähranlegestelle kamen, gehen jetzt dahin zurück.

HANNCHEN Davon hat die Exzellenz keine Ahnung, wie das ist, uninteressant zu sein. Große träumen nur. Unsereins muß leben. Ohne Rabatt.

ECKERMANN Na ja, mal sehen, nicht wahr.

Hinauf zum langsam mit den Flügeln schlagenden Goethe.

Exzellenz! Exzellee...enz!!

HANNCHEN Er hat das Gespräch beendet. Er hatte immer das letzte Wort, Ecker. Wie das ist, wenn man nie das letzte Wort hat ... woher soll er das wissen?! Du siehst ja. Er hebt sich hinweg. Ich muß zu Fuß zurück.

AUGUST Ich auch, Frau Eckermann. Allons. Packen wir's.

HANNCHEN *Im Fortgehen:*

Ecker! Hörst du mich nicht? Oh

Ecker! Schau doch einmal her! Einmal! Ecker, wenn du jetzt herschaust, trag ich dich, solang du willst, überall hin, Ecker.

Es gibt keine Möglichkeit, einander zu sehen. Eckermann geht an sein Bett, legt sich hinein, schläft weiter.

Ecker, schau doch. Ich vergeh sonst. Oh Ecker!!

Hannchen muß zur Fähre. Mehr rückwärts als vorwärts. Verschwindet. Eckermann erwacht. Der ganze Hintergrund samt schwebendem Goethe erlischt. Eckermann setzt sich auf.

ECKERMANN Oh nein, nein. Nicht. Entschuldigung, Exzellenz! Ich will das nicht. Das ist die Nacht, Exzellenz, die Niedertracht des Dunkels, der Wahnsinn ... Ich Goethe hassen, ja was denn noch! Das war nicht ich, Exzellenz. Das war der Irrsinn, der in allem sitzt und sich auswächst, nachts. Goethe hassen, ich! Warum nicht gleich die Sonne, das Licht, das Leben ... oder Gott!! Das war doch nicht ich. Verzeihen Sie, Exzellenz. Bitte. Ich will das nicht gewesen sein. Ich könnte mich nicht mehr ertragen. Goethe ist wunderbar. Also wenn Goethe nicht wunderbar ist, wer dann? Man kann ihn nur lieben. Sonst ... Hannchen! Hannchen! Warum träum ich immer von ihm und nie von dir? Nie kommst du! Er ist wunderbar. Warum kommst nie du, Hannchen? Wenn du mich ... einmal ... getragen hättest, das wäre wahrscheinlich sehr schön gewesen. Oh Hannchen, warum träum ich nicht von dir? Ich begreife mich nicht.

Er setzt sich vor den Spiegel und fängt an, sich die Haare zu schneiden.

3

Gegen Ende 1848 kommt aus Wien, wo sie seit Goethes Tod am liebsten ist, Ottilie von Goethe nach Weimar. Und natürlich besucht sie auch ihren alten Freund Eckermann.

OTTILIE Ich treff Sie an, und allein, wonderful. Ach Doktorchen, die Welt wird wüster mit jedem Tag. Heute kostet ein Knopf soviel wie vor zwanzig Jahren ein Mantel. Verwegene Ansprüche, wohin man kommt. Ich komm direkt aus Wien. Und womit begrüßt man mich hier? Mit unbezahlten Rechnungen! Behalten Sie doch bitte Ihren Hut auf, Doktorchen. Hier drin ist es kälter als draußen. Wie schaffen Sie das? Aber wenn Sie schon den Weltmann spielen, dann, bitte, hier meine Hand! Die müssen Sie küssen, Doktorchen! Ich hab Ihnen gesagt, ich komme aus Wien. Sie Zögerer. Ich bring es Ihnen schon noch bei, wie man einer Dame die Hand küßt. Oder ist es kalt hier, weil einen die Vögel so anschauen?

Die tun, als wüßten sie etwas über einen, was sie jeden Augenblick verraten könnten. Ohne offene Fenster wär es wahrscheinlich nicht auszuhalten mit soviel Viechern. Was ist denn das?

ECKERMANN Ein Marder.

OTTILIE Und die da?

ECKERMANN Maulwürfe.

OTTILIE Sind die süß. War wirklich eine gute Idee von Ihnen, zum Geburtstag der Großherzogin drei Dompfaffen in die Freiheit zu entlassen. Sie müssen drei weniger füttern, und die Großherzogin fand es very nice. Husten Sie sich lieber einmal richtig aus, Doktorchen. Dieses Hüsteln bringt nichts. Es macht nur nervös. Sie haben sich gut gehalten. In der Kälte hält man sich, was? Ich dagegen. Oh je. Jeder Winter kann der letzte sein. Das ist das, was mir bevorsteht. Ich muß zu Geld kommen, Eckermann. Wo ich hinkomme, denken die Leute: die Goethe, die schwimmt in Geld. Hier sind ein paar Novellen. Die hab ich einfach so hingeschrieben. Ich kann mir nicht helfen, das beste Urteil hat eben doch Eckermann. Wo schicken wir die hin? Ich finde nur eine wirklich gut. Der

Kunstreiter. Und hier, Wolfs Gedichte. Ich bin die Mutter. Mir gefallen sie. Aber sind sie deshalb gut? Ich muß es wissen. Wenn man Goethe heißt, müssen die Gedichte gut sein. Finden Sie nicht auch, daß wir dem Namen etwas schuldig sind? Wir alle.

ECKERMANN Ja, gnädige Frau. Natürlich.

OTTILIE Sie schicken's einfach an die Verlage, die Sie für die richtigen halten, und schreiben was Nettes dazu. Wie steht Ihr Prozeß gegen Brockhaus?

ECKERMANN Verloren.

OTTILIE Oh je. Dann schicken Sie's an Cotta. Cotta ist uns verpflichtet. Ach Doktor, ich habe das Gefühl, daß mich niemand mehr liebt. Ich könnte morgen sterben, mir würde keine Träne nachgeweint. Das produziert eine Öde und Armut in einem, oft möcht ich bloß noch auf den Boden schauen. Wissen Sie, was meinen Söhnen am meisten fehlt: der richtige Adelstitel. Sie gehören in den Grafenstand, dann hätten sie's ein wenig leichter. Sie haben's einfach zu schwer. Dieser Name. Walther neulich: Lieber Kümmeltürk heißen. Ich weiß, daß Sie noch was gelten beim Serenissimus.

Und keiner kann etwas so schön formulieren wie Sie. Der Serenissimus hat doch sein Englisch von Ihnen, nicht wahr?

ECKERMANN Ja.

OTTILIE Wissen Sie, daß Sterling geheiratet hat? Ja!! Nichtsahnend komm ich aus Wien hierher, was schlägt man mir ins Gesicht?! Sterlings Heiratsanzeige! Wenn er's wenigstens selbst geschrieben hätte. Aber dieses schwächliche Egoistengeschlecht hat nur Kraft zu verletzen, zu sonst nichts.

ECKERMANN Und ich habe noch gestern nacht von Byron geträumt. Der war hier, nahm sich eine Wohnung, und jeder wußte, er war Ihretwegen gekommen. Aber ich durfte Ihnen nicht sagen, daß er hier war. Bald war es Lord Byron, bald Charles Sterling. Wie es so geht im Traum.

OTTILIE Was für ein Traum. Charles hat diese Ähnlichkeit mit Byron, er hat sie, Doktor. Ja, wenn Byron einmal nach Weimar gekommen wäre, wäre mein Leben anders verlaufen. Es hat nicht sollen sein. Wissen Sie, was ich Charles geschrieben habe auf seine Heiratsanzeige? Daß ich mich ohne Murren, ohne Klagen, gefaßt in seinen rätselhaften Willen füge. Ich küsse deine geliebten Hände, schrieb ich ihm, ich lege sie an mein verarmtes Herz, an diese armen schmerzenden Augen, oh mein Charles, schrieb ich ihm, oh mein Charles, nur du sei glücklich, bin ich es dann nicht auch?! Sein Englisch soll sehr gut sein?

ECKERMANN Wieso ... sein Englisch ...

OTTILIE Das Englisch des Großherzogs. Das er von Ihnen hat!

ECKERMANN Meins war nie gut. Seins ist schlechter. Wenn er mich quälen wollte, brachte er zum Unterricht Freunde mit, die in Eton waren. Daß die was zu lachen hatten.

OTTILIE Aber als Sie ins Hannoversche abgehauen waren, sagte er: Ich will meinen Eckermann wiederhaben, das weiß ich.

ECKERMANN Sein Spielzeug. Für 300 im Jahr.

OTTILIE Immer noch! Aber damit kann doch kein Hund leben!

ECKERMANN Beruhigen Sie sich, gnädige Frau, ich auch nicht.

OTTILIE Aber wenn ich Sie recht sehr bitte, Doktorchen, schreiben Sie schon was, daß meine Söhne Grafen werden!

Goethe hat immer gesagt: Das einzige, woran die bösen Menschen nicht deuteln können, ist die Herkunft. Alles andere können sie versuchen, einem madig zu machen. Wissen Sie, der Adel wird jeden Tag wichtiger. Geld, Industrie, alles nur für Rost und Motten, aber was in Zeit und Ewigkeit seinen Glanz nicht verlieren wird: der Adel. Wer am Ende dieses Jahrhunderts ganz ohne dasteht, ist nicht gut gestellt. Ihr Sohn wird es schaffen, Doktorchen. Haben Sie schon eine Idee, wie Sie den Antrag begründen?

ECKERMANN Ich könnte an Napoleon erinnern, der ausrief: Lebte er noch, so würde ich ihn zum Fürsten machen.

OTTILIE Wen?

ECKERMANN Corneille.

OTTILIE Ausgezeichnet, Doktorchen. Schreiben Sie das. Goethes Freund kann man es nicht abschlagen.

ECKERMANN Anfang November war Freiligrath hier. Wenn das bemerkt wurde!

OTTILIE Oh Gott. Ein Kommunist in Weimar, wie geschmacklos!

ECKERMANN Demokrat, nicht Kommunist.

OTTILIE Ich bin kein Zoologe. Gesindel ist für mich Gesindel. Walther hat in Wien gekämpft gegen den Abschaum! Er ist noch immer in Uniform. Das schreiben Sie dazu! Daß dieser Freiligrath sich nicht schämt! Aber daß man von diesen Ratten Feingefühl erwartet, könnten sie uns als eine Roheit unsererseits vorwerfen. A propos Feingefühl, das ist klar, wenn ich einen Freund um etwas bitte, dann auch, weil ich weiß, daß es ihm eine Freude macht, mir einen Wunsch zu erfüllen. Unsere Freundschaft ist gerade 25 Jahre alt geworden, wissen Sie das?

ECKERMANN Ja, natürlich.

OTTILIE Jetzt will der Bundestag 40000 Taler geben für unser Haus. Wie finden Sie das?

ECKERMANN Ist das zuviel oder zuwenig?

OTTILIE Ach Doktorchen, wenn August, dieser qualitätslose Rohling, diese ewige Rache der gemeinen Natur an einem adeligen Geist, denn das ist ja klar, Goethes einzige Sünde, die Schandtat seines Lebens, die grandioseste Selbstverstümmelung der menschlichen Geschichte war, daß er das Verhältnis zu diesem Fabrikflittchen legalisierte, das kann und kann ihm nicht verziehen werden, mein Gott, dieser

Aristokrat, dieser Jupiter, und dann bindet er sich für immer auf das Proletenflittchen, eine Katastrophe mythologischen Ausmaßes, Frau von Pogwisch, meine Mutter, geborene Gräfin Henckel-Donnersmark, hatte den fürchterlichen Mut, es auszusprechen: daß Augusts Mutter ouvrière war, wiegt kein Goethe auf. So ist es, August war die Mutter, nichts als die rohe, dumme, gemeine, alkoholsüchtige Mutter! Sie war eine Trinkerin, Doktorchen. Ich weiß es. Wie dann ihr Sohn. Goethe kam in August nicht vor. Was wollte ich jetzt sagen?

ECKERMANN Sie begannen: wenn August, dieser ...

OTTILIE Wenn August, dieser ... was dieser?

ECKERMANN ... qualitätslose Rohling ...

OTTILIE Das ist ja quälend, Doktor. Ich möchte, bitte, wissen, was ich sagen wollte. Wovon sprachen wir? Mein Gott, Sie haben doch bei Goethe Zuhören gelernt. Bei mir schalten Sie einfach ab. Da rentiert es sich nicht, ja? Wir müssen doch von etwas gesprochen haben?

ECKERMANN 40000, sagten Sie, bietet der Bundestag für das Goethehaus. Ich fragte, ob das zuviel sei oder zuwenig. Darauf Sie: wenn August, dieser ...

OTTILIE Dieser spießige Alkoholiker, dieses platte Scheusal, diese Blamage der deutschen Klassik ... ich komm nicht drauf. Auf jeden Fall, Doktorchen, wir wollten 80000, und die bieten uns 40000. Das ist der Einfluß der Kommunisten im Frankfurter Bundestag. Cotta bezahlte für die letzte Ausgabe 70000! Stellen Sie sich vor, für nichts als ein Recht. Und die wollen das Haus der deutschen Klassik mit allem Drum und Dran für 40000. Das ist Kommunismus. Was wollte denn dieser Freiligrath von Ihnen?

ECKERMANN Börne zitieren.

OTTILIE Nicht soviel Namen, Doktorchen. Ich will nicht ewig neue Namen hören. Goethe wollte das auch nicht. Das wissen Sie. Gehen Sie doch einmal auf und ab wie der Vater auf und ab gegangen ist.

Eckermann tut es.

Wonderful, Doktorchen. Just wonderful. Genauso ging er. Und was sagte er, wenn er so ging?

ECKERMANN Durch Ihre trefflichen Bemerkungen dürfen wir uns in unserer Kultur auf die entschiedenste Weise gefördert sehen, Liebste.

OTTILIE Ja. Ja. Jaa! Wann hat er das gesagt? Zu wem? Da war ich dabei. Wer war's, Doktor.

ECKERMANN Ich will Ihnen etwas entdecken, Verehrenswürdigste, und Sie werden es in Ihrem Leben vielfach bestätigt finden: Es ist für keinen zum Vorteil, wenn ein Satz zuerst auf den Mund verweist, aus dem er stammt. Alle im Rückschreiten und in der Auflösung begriffenen Epochen sind subjektiv, dagegen haben alle fortschreitenden Epochen eine Fähigkeit zum Objektiven. Die jetzige Zeit ist eine rückschreitende, denn sie ist eine subjektive.

OTTILIE Oh wie genau, Doktorchen, wie treu.

ECKERMANN Und doch kein Wort von ihm.

OTTILIE Sondern?

ECKERMANN Eckermann. Weil ich, wie der Kukkuck, selber kein Nest bauen und meine Brut nicht nähren kann, habe ich alles ihm ins Nest gelegt. Es freut den halbwilden Herankömmling aus der Heide, daß die Kenner alles Goethe zuschreiben. Ich stellte mir die Aufgabe, alle Kunst zu verbergen und den Eindruck eines Naturwerkes zu erzeugen. Daß sie mich Goethes Papagei schimpfen, ist mein Sieg. Mit dem Gedächtnis hätte ich nur die gemeine Realität des Licht-Bildes produziert. Ich wollte mehr. Vergessen Sie's. Es ist unwichtig. Entschuldigen Sie. 40000 sind natürlich zuwenig, wenn Sie glaubten, 80000 erwarten zu müssen.

OTTILIE Wir zwei sind die einzigen, die ihn geliebt haben. Glauben Sie, er habe uns auch geliebt?

ECKERMANN Ist das wichtig?

OTTILIE Ich muß jetzt hinüber. In die alten Räume. Nein, nein, nein.

ECKERMANN Machen Sie einen Spaziergang. Auf den Ettersberg. Vielleicht reitet ein Dragonerregiment vorbei. Die Schönheit, die Kraft der jungen Leute in der Sonne, man fühlt sich gleich anders. Auf dem Ettersberg, die zwei zusammengewachsenen Linden, da steht man doch gern und denkt: unter allen Gipfeln ist Ruh.

OTTILIE Heißt es nicht *über allen Gipfeln*?

ECKERMANN Stimmt. So nah bin ich ihm schon, ich zitiere seine Gedichte falsch.

OTTILIE 40000! Verstehen Sie! Das ist nur halb soviel!

ECKERMANN Ja, natürlich, das muß furchtbar sein.

OTTILIE Es ist furchtbar, glauben Sie mir. Und Sie geben sich mit Freiligrath ab! Daß Sie meinen Söhnen dadurch die Chance verderben, Grafen zu werden, was kümmert's Sie. Goethes Freund empfängt Freiligrath!

ECKERMANN Er kam unangemeldet.

OTTILIE Wie oft?

ECKERMANN Einmal.

OTTILIE Das muß man alles melden. So einer wird doch beobachtet. Also glaubt die Polizei, sie habe ihn nur einmal entdeckt, dagewesen sei er aber zweimal oder zwanzigmal. Als die Leute noch den rechten Gebrauch von der Freiheit machten, gab's auch noch mehr davon. Formulieren Sie den Antrag für meine Söhne, Doktor. Ich werde mich erkundigen, ob Sie in Verdacht stehen. Das tu ich doch gern für Sie. Im Zweifelsfall bürg ich für Sie. Ich bin nicht viel wert, Doktorchen, aber ich glaube, ich bin eine ganz gute Freundin. Als ich gestern durch Jena kam, wollte ich Stadelmann besuchen. Er hatte sich gerade erhängt. Im Dachboden des Arbeitshauses. Es hieß, Dr. Eckermann habe ihm eine

Pension verschafft von Rothschild in Frankfurt. Aber das Bankhaus weist das Geld anstatt ihm dem Arbeitshaus an. Das schlug dem Faß den Boden aus. Die meisten Selbstmorde kommen daher, daß es zuwenig Geld gibt. Wie war das jetzt mit dem Geld, das ich bei Elkan für Sie geliehen habe. Es waren 96 Taler, das weiß ich. Ich bürgte für Sie, nicht wahr. Typisch. Immer wieder bürg ich, dann bezahl ich. Also da komm ich aus Wien nach Weimar, und der erste, der's merkt, Elkan. Und präsentiert mir die Bürgschaft. Jetzt sitzen wir da, nicht wahr. Wir zwei. Warum schreien denn die Viecher so?

ECKERMANN Sie haben Hunger.

OTTILIE Stellen Sie sich vor, ich esse so gut wie nichts mehr. Und trotzdem hab ich keinen Hunger. Was sollen wir jetzt machen, Doktorchen? Wolf und Walther sagen, ich sei eine Verschwenderin. Sagen Sie das auch?

ECKERMANN Nein, gnädige Frau.

OTTILIE Das 19. Jahrhundert wird man einmal das Jahrhundert des Geldmangels nennen, das können Sie mir glauben.

ECKERMANN Wenn Sie die 60, die ich Ihnen leihen

durfte, als Sie plötzlich nach Wien mußten, an Elkan zahlen, dann werde ich mit ihm wegen der restlichen 36 verhandeln. Er wird die Güte haben, mir 36 zu stunden, wenn er 60 bekommt.

OTTILIE Sehen Sie, so ist es, wenn ich irgendwohin komme! Ich bin immer die, die bezahlt. Immer. Das geht einem auf die Nerven, Doktorchen. Und da soll man keine Atemlähmung bekommen! Elkan will das Geld, das Sie bekommen haben, und bezahlen soll ich.

ECKERMANN Nur die sechzig ...

OTTILIE Und Sie nichts!

ECKERMANN Ich habe nichts! Im Augenblick. Ich habe Aussicht, der dritte Band der Gespräche ...

OTTILIE Wenigstens geben Sie zu, Doktorchen, wie recht ich habe, wenn ich sage: wo ich hinkomme, heißt es: die Goethe, die hat's, die kann zahlen.

ECKERMANN Nur das, was Sie mir, was ich Ihnen, als Sie plötzlich nach Wien mußten ...

OTTILIE Jetzt hören Sie auf mit dieser Mathematik. Ich hasse Mathematik. Aber ich werde nicht enden wie Stadelmann. Ich werde eine Tee-Party arrangieren. Und alle werden kommen. Und Sie auch, Doktorchen.

ECKERMANN Tee, gnädige Frau, eine Tee-Party, sorry, I don't like it!

OTTILIE ... like it at all, Doktorchen, at all. Noch einmal.

ECKERMANN I don't like it at all.

OTTILIE Das macht nichts. Kommen müssen Sie trotzdem. Glauben Sie, ich mag so was ... wenn ich etwas hasse, sind es Tee-Parties. Glauben Sie mir das, Doktorchen?

ECKERMANN Ja, gnädige Frau.

OTTILIE I don't like it at all. Küssen Sie mir die Hand, dann geh ich.

ECKERMANN Das kann ich nicht. Ich hab es noch nie getan. Auch nicht gelernt.

OTTILIE Dann bleib ich. Füttern Sie ruhig Ihre Viecher.

ECKERMANN Sie fressen nicht, wenn jemand da ist. Entschuldigen Sie.

OTTILIE Also Handkuß. Nehmen Sie meine Hand so zart, als sei sie ein Flaum, und bevor Sie darauf den Hauch eines Kusses drücken, sagen Sie: Küss die Hand, gnädige Frau.

Eckermann folgt.

OTTILIE Windischgrätz ist besser. Noch einmal.

ECKERMANN Küss die Hand, gnädige Frau.

OTTILIE So. Jetzt hinaus. Von einer Kälte in die andere Kälte. Küssen Sie mir noch einmal die Hand.

ECKERMANN Küss die Hand, gnädige Frau.

OTTILIE Danke, Doktorchen.

ECKERMANN Gern geschehen, gnädige Frau.

Von Martin Walser
erschienen im Suhrkamp Verlag

Ein Flugzeug über dem Haus und andere Geschichten. 1955
Ehen in Philippsburg. *Roman.* 1957
Halbzeit. *Roman.* 1960
Das Einhorn. *Roman.* 1966
Fiction. 1970
Die Gallistl'sche Krankheit. *Roman.* 1972
Der Sturz. *Roman.* 1973
Das Sauspiel. *Szenen aus dem 16. Jahrhundert.* 1975
Jenseits der Liebe. *Roman.* 1976
Ein fliehendes Pferd. *Novelle.* 1978
Seelenarbeit. *Roman.* 1979
Das Schwanenhaus. *Roman.* 1980

edition suhrkamp

Eiche und Angora. Eine deutsche Chronik. es 16
Ein Flugzeug über dem Haus und andere Geschichten. es 30
Überlebensgroß Herr Krott. Requiem für einen Unsterblichen. es 55
Lügengeschichten. es 81
Der Schwarze Schwan. *Stück.* es 90
Erfahrungen und Leseerfahrungen. es 109

Der Abstecher/Die Zimmerschlacht. *Stücke.* es 205
Heimatkunde. Aufsätze und Reden. es 269
Ein Kinderspiel. *Stück.* es 400
Wie und wovon handelt Literatur. es 642
Die Gallistl'sche Krankheit. es 689
Das Sauspiel. es 913
Wer ist ein Schriftsteller? es 959
Über Selbstbewußtsein und Ironie. Frankfurter Vorlesungen. es 1090

suhrkamp taschenbuch

Gesammelte Stücke. st 6
Halbzeit. st 94
Das Einhorn. st 159
Der Sturz. st 322
Jenseits der Liebe. st 525
Ein fliehendes Pferd. st 600
Ein Flugzeug über dem Haus. st 612
Die Anselm Kristlein Trilogie. 3 Bde. st 684
Die Gallistl'sche Krankheit. st 689

Martin Walser. (Materialienband über Martin Walser.) stm 2003